したいとか、したくないとかの話じゃない

足立紳

双葉文庫

したいとか、したくないとかの話じゃない

プロローグ

「行きたくない！　行きたくない！　行きたくない！」

保育園の年長にあがったばかりの太郎《たろう》が登園前に大声で泣き叫ぶ。太郎が癇癪《かんしゃく》を起こすその姿を見ると、恭子《きょうこ》は朝からどっと疲れを感じてしまう。

太郎は去年、年中にあがった頃から少し行き渋りが出てきたなと感じていたが、その状況はどんどん酷《ひど》くなっているように見える。

夫の孝志《たかし》はそんな太郎の状態にどこまで気づいているのか分からないが、恭子と比べるとずいぶんと呑気《のんき》だ。

「なんだよ、太郎。なんで保育園行きたくないの？　じゃあ今日は特別に休んでパパと動物園に行くか」

そんなふうに言う孝志を見れば、自分以外の人間は「なんて子供思いで優しいお父さんなのだろう」と思うのかもしれない。太郎の癇癪と同じくらい、孝志のそんな言葉は恭子にはストレスだ。

孝志の仕事は映像関係で、映画やドラマの監督をしたり脚本を書いたりしている。会社に属していないフリーランスだから、忙しいときでなければかなり時間の融通は利く。だから自分の気が向いたときだけこうして太郎を休ませたりすることがしばしばある。

「最近ちょっと休ませすぎだよ。クセがついちゃうよ」

ただでさえ登園することへのハードルが高い太郎を、これ以上気まぐれで休ませると、ますます保育園に行きたがらなくなってしまいそうで恭子は心配だった。

「大丈夫だよ。このくらいの頃って、なんか行きたくない日とかあるよな。ほら太郎、動物園行こう」

恭子の気持ちなどちっとも分かっていない孝志はまだ平然とそんなことを言っている。業界ではそれなりに知名度もあり、売れっ子と呼ばれたこともあった夫だが、ここ数年、その勢いが落ちていることを恭子は感じている。恭子が感じるくらいだから本人はもっと感じているだろう。一人で過ごす時間が長いとそんな自分と嫌でも向き合わざるを得ないから、こうして気の向くままに太郎を休ませたりすることが増えたに違いない。こういう孝志の気まぐれも、太郎が癇癪を起こす遠因になっているのではないかと恭子は感じている。

それにどうせ動物園に行っても太郎をほったらかしにして、自分はほとんどスマホを見ているだけに決まっているのだ。

「動物園もヤダ！　ヤダヤダヤダヤダ！」

太郎は癇癪を持続させたまま泣き叫んだ。

「なんだよ、どうしたんだよ。なんでイヤなの？」

癇癪を起こしている五歳児に「なんで？」と聞いて理由を答えられるわけがない。太郎と接している時間が少ないから孝志はこんなに気楽でいられるのだ。ちゃんと向き合って観察していれば、最近の太郎の強い登園渋りには違和感を覚えるはずだ。とは言っても、恭子自身も違和感と育てづらさを感じるだけで、なにか特別な対策を考えているわけではない。保育園の送りは孝志の担当だし、毎朝、泣き叫ぶ太郎を家から出すまでが精神的に苦しいだけで、出て行けば気持ちはスッと楽になる。

「キリンさんいるよ。ライオンもいるよ」

孝志は太郎に話しかける。

「ヤダヤダヤダヤダ！」

「なんで？　どうした？」

「ぜったい行かない！」

「どうしちゃったんだろうね」

孝志はまだ呑気な様子で言った。

「あたし、仕事あるから出るよ。任せていいよね？」

恭子は近所にあるクレジットカード会社のお客様サポートセンターでパートをしている。クレームの処理係だ。生活のためのパートというよりは、一日中太郎と二人っきりで家にいて、家事育児ばかりして、子供としか話さない（産後は大人との会話は宅配便の人だけだった）生活が耐えられなかったのだ。

「え、ちょっと待ってよ。俺も仕事あるけど」

「今、動物園に行くって言ったでしょ」

「行かないなら仕事するよ」

「動物園行けるくらいなら急ぎの仕事じゃないでしょ。だったら保育園に連れてってよ。保育園の送りは孝志の担当でしょ」

どうせたいした仕事ではなく、ゆるい締め切りの企画書を書いたりするだけだろう。

「えー、こんなに泣いてるんだから今日は登園難しいよー。恭子は休めないの？　いいじゃんパートくらい」

孝志は平気でそんな言葉を吐《は》く。その言い方にイラっとするが、そう言われて、何度か仕事を休んでしまったことがある。そのときは、孝志が本当に忙しかったから自分のパートを平気で犠牲にしてしまったのだ。

「今日は休めないよ。人数ギリギリだし。月末の請求書送付したあとって電話件数二倍になるんだから」

「誰か代わりの人いるでしょ」

その言葉に、怒りがいきなり湧き上がってきた。

「いないよ！」

恭子のその大きな声に、孝志だけでなくさっきまで癇癪を起こしていた太郎までもがキョトンとした顔になった。

恭子は「行ってきます」も言わずに家を出た。

「あ、ちょっと待ってよ」

背中に孝志の声が聞こえたが、無視した。

以前の恭子ならば、孝志に懇願されれば仕事を休んでしまっていただろう。孝志を尊敬していたし、人間として正しいと思っていたので、孝志が望む選択を無意識に選んでいることが多々あった。それも自分の意思だと思っていた。今だって、それを大きく否定するつもりはない。自分自身が、今現在何か特別に強い意志のようなものを持って生きているわけではないことくらい分かっている。

ただ、孝志に対してこんなふうに大きな声を出してしまうようなことはなかった。はたから見れば、ストレスがたまったすえにと思われるかもしれないが、恭子はそうじゃないような気がしている。

もしかしたら、シナリオコンクールに応募した自作のシナリオが最終審査に残ったという連絡を一週間ほど前に受けたから、そのことが少しだけ自信になって、自分の中になにか変化のようなものが起きているのかもしれない。初めて脚本を書いてみようと思ってから三年、孝志には内緒でいくつかのコンクールに応募しては落選しているが、それでも書くのが楽しかった。夜な夜なパソコンに向かって脚本を書くことが一日の中で一番楽しい時間だった。というか、楽しい時間はそこしかなかった。三年は書き続けないと脚本の書き方のような本に書いてあった言葉を信じて、黙々と書いてきたが、三年目にして初めてコンクールで最終審査に残ったのだ。受賞したわけではないが、その知らせを受けた日は、気分が高揚して一日中ポワーッと舞い上がっていた。

恭子はもともと小劇場で役者をしていたのだが、孝志と結婚して太郎ができたことを機に役者を辞めた。辞めたという言い方は正確ではないかもしれない。役者で生きていくことを諦めるいい機会だと思ったのだ。

もっと言うと、諦めるために子供を作ったようなところもある。

お金の心配をしなくていい状況での主婦業は、気楽だし、それなりに楽しかったが、ずっと小さな違和感はあった。自分の人生はこれで終わってしまうのだろうかという思いだ。

専業主婦がそんなふうに思うシチュエーションをドラマや映画でよく見かけるが、見るたびに「でも、そんな人生を選んでいるのはあなただよ。気づいているなら変わりなよ」などと思っていた。だが、それが上から目線だったことが今は分かる。これでいいのかなとぼんやりと思いながら毎日を過ごすうちに、それが人生ってもんだよね、子供生まれたばっかりだし仕方ないよね、今は子供を愛することが一番の仕事だよねと自分に言い聞かせるようになってしまうのだ。

そんな自分が脚本を書いてみようと思ったのは、孝志の影響だ。正確には孝志の作ったドラマの影響だ。

演劇をしていたのだから、脚本というものには当然なじみがあったが、書いてみようと思ったことは一度もなかった。台本を書けるのは、すごい人たちばかりだという漠然とした思い込みがあった。あの人たちは本気で表現したいことがある。演じる自分はなにかを表現したいというよりも、ただただ拍手を浴びたいという気持ちのほうが大きかった。そんな思いで芝居をしている自分には、台本を書く資格はないと思っていたのだ。

だが、まだ太郎が一歳で保育園にも入れていなかった頃、育児の合間に恭子は海外ドラマにはまった。『ウォーキング・デッド』や『ブレイキング・バッド』など様々なドラマを貪るように見ては、ドラマの中の人物を自分が演じている姿を妄想していた。

そんな頃、孝志の作った深夜ドラマも見た。その頃の孝志は、忙しくてあまり家にも帰って来なかった。撮影は深夜、ときには朝までかかることもある。帰って来られないのも当然だと思っていた。むしろ全然家に帰れないくらい売れっ子の孝志を誇らしくも思っていたが、慣れない育児のワンオペは大変だった。親に頼りたかったが、地方在住のため無理だった。

そんなときにふと見た孝志のドラマはひどくつまらなかった。小劇場とはいえ舞台の役者というキラキラした世界から、誰にも見てもらえない主婦という世界に移り住み、家事育児に追われつつもがいている恭子にはなんの力も与えてくれないドラマだった。

尊敬しているはずだと思っていた夫の作っているものがこれなのかと思った。これでお金を稼いできてくれているのは分かるが、でも、全身の力が抜けるほどがっかりしてしまった。

そのときふと、以前に孝志が言っていた言葉を思い出したのだ。結婚前に孝志が講師を務めていた演技のワークショップに行ったときのことだ。

「人は誰でも一本は傑作の脚本が書ける。それは自分のことを書けばいい」

したり顔で言っていた孝志のその言葉は、後に偉い脚本家の受け売りだと分かったが、今なら自分にも何か書けそうな気がした。無性に物語を書いてみたくなった。こういう衝動は芝居をしていたときにも感じたことがある。シナリオを読んで、役が水のように身体に沁み込んできて、「あ、この役、絶対にできる」と感覚的に思えるときがあるのだ。そのとき、久しぶりに恭子はそれと似たような感覚になった。

恭子はボールペンを手に取ると、ノートを出すのももどかしく、目の前にあった広告の裏に文字を書き始めた。

思いつくままに書き連ねただけだったが、楽しかった。心臓が高鳴った。ミルクを欲しがる太郎にも気づかなかったほどだ。

たったそれだけのことで、その日、恭子は久しぶりに生きているという心地がしたのだった。

第一章

1

　三月十日午前九時、大山《おおやま》孝志は六歳の息子の太郎を保育園に送ると、その足で練馬駅から西武池袋線に乗って池袋駅東口の改札近くにある売店で佐野《さの》マリモと待ち合わせて、コンビニに寄りサンドイッチやおにぎりを買い込んでラブホテルへとしけこんだ。

　マリモと会うのは一週間ぶりだ。はやる気持ちであればシャワーを浴びることもなくそのままセックスになだれ込むのだが、最近はもうそういうこともなく、部屋のテレビをつけてなんとなくワイドショーを見ながらサンドイッチやおにぎりを食べるのが常だ。最近のワイドショーの話題はもっぱら新型コロナウイルスのことばかりで、欧米が感染者何千人とか大変なことになっている。一か月前まではまだどこか他人事であったが、ディズニーランドが休園になったり、数日前に学校が一斉休校になったりしてから、孝志の周辺でもドラマや映画の撮影がもしかしたら止まるかもしれないという話もチラホラと聞こえてくるようになって、さすがに焦りを感じていた。保育園はできるだけ登園自粛を奨励しているが、今のところまったく自粛はしていない。ただ二週間後に控えている太郎の卒園式は例年よりも縮小した形で行うという通達が昨日来た。

四月の初旬には小学校の入学式があるが、それも縮小した形になるだろうなぁなどとマリモと話し、彼女から先にシャワールームに向かうと、次に孝志も浴びて、ベッドの中でスマホをいじっているマリモに被さってキスをして、形の良いオッパイを揉んでなめて、徐々に下に降りて下半身を触ったりなめたりして、次に自分の下半身をなめてもらって、そのまま騎乗位で入れて、下手をすればそのままイってしまうこともあるが、たいていはバックをはさんで正常位でイク。その流れは、ここ半年ほどしていないが妻の恭子とセックスするときとほとんど同じだ。マリモと付き合い始めた頃はスマホでハメ撮りなどして遊んで、その動画を第二ラウンドのきっかけにしたりもしていたが、近頃はハメ撮りはおろか第二ラウンドまでいくこともほとんどない。

マリモとこういう関係になった一年半ほど前は、それこそ会うたびに彼女の体を貪るようにセックスしていたが、半年もするとマンネリ化してきた。孝志がそう思っているのだからきっとマリモも同じように感じているに違いない。

マリモとは孝志が講師を務めた三日間の演技のワークショップで出会った。マリモは当時二十七歳で、売れない女優としては微妙な年齢だった。胸や臀部《でんぶ》の肉付きが良く、ムッチリ系で、演技は下手だったが、性格が明るくて良い子だなと孝志は思った。

そのワークショップの打ち上げで、マリモは露骨に孝志に媚《こび》を売ってきた。同じくらいのキャリアの子が、口コミでヒットした映画に出ていたり、ビール会社のＣＭに決まって「チョー焦ってます、私！　だからもう堂々と媚売ります！」と他の子が胸に秘すような言葉を平気で言っていた。それが孝志には好印象で、打ち上げでＬＩＮＥを交換してからも相談事と称した連絡が頻繁に来て何度か会っているうちにこういう関係になってしまったのだ。出会いの形まで妻の恭子と同じであることに、自分という人間のつまらなさを孝志は感じており、それが映画監督としてここ三年、新作を撮れていない自分の現状を物語っているような気がしていた。だが、その現状をどうにか打破しようという気力というか創作意欲が今の孝志にはなかった。

マリモとの関係がマンネリ化してきたことを、孝志はそう深くは考えていなかったし、いずれこの関係は終わりにせねばならないとも思っていたが、その終わりが近づいていることを感じ始めたのはひと月ほど前、マリモから映画のオーディションの最終審査に残ったと聞いたときからだ。その映画は、演劇界で有名なとある若手演出家の初映画監督作品で、オーディションでヒロインを探すというネットニュースは孝志も見ていた。ハードな濡れ場もあるらしい。

マリモがそのオーディションに応募したことは聞いていたが、どうせいつものように書類審査か次の二次審査あたりで落とされるだろうと孝志は思っていた。だから最終審査に残ったと聞いたときは、正直かなり驚いた。その驚きは軽い動揺と言ってもいいくらいだった。演技力などないと思っていたマリモが才能溢れる演出家のオーディションの最終審査に残ったという事実に何か敗北感のようなものを覚えた。そして万が一そのオーディションにマリモが受かれば自分は間違いなく捨てられてしまうだろうと思うと、孝志は急にマリモの身体を手放すことが惜しくなり、同時に彼女がその若手監督の映画に出ることへの強烈な嫉妬心に見舞われた。

そこから孝志はマリモの前で饒舌になった。今まではセックスが終わればさっさと一人になりたかったが、近頃はセックスが終わったあとも、最近見た映画や読んだ小説のつまらなさなど、主に何かの悪口をマリモにペチャクチャとしゃべってしまう。

かつて世間から少しはそう思われていたように、自分は才気溢れる人間だということをマリモに見せたかった。だから孝志は今日もセックスが終わったあとに、昨夜ＤＶＤで見た、最近売れ線の若手監督のとある日本映画への批判をついつい熱のこもった口調で話していた。

「ああいうのがトンガってるって言われちゃうと、もう俺なんか出番ないって言うか、ほんとにトンガってるってことがどういうことかみんな分かってない気がすんだよなあ。

作り手も批評家もさあ。あんなのぜんぜんヌルいけどね、俺なんかから見ると。まあでも俺みたいなのが今はヌルいって言われちゃうけど、一見ヌルい振りしてるだけなんだよね。本来なら俺の作品なんかトンガりまくってんだけど、なんかもう今は表面上トンガってるのが本物みたいになっちゃってるからさぁ。客も評論家も作り手もみんなバカだから」

耳に入っているのかいないのか、マリモはそんな孝志の戯言《ざれごと》に相槌を打つこともなく黙ってスマホをいじっている。その沈黙が孝志をさらに不安にさせた。オーディションの最終審査に残ったマリモは、孝志のことをつまらない人間だと気づき始めているのではないかという不安だ。だから孝志は、マリモにそんなことに気づく隙を与えないように唾《つば》を飛ばさんばかりの勢いで批判し続けたが、話しながら自分のしょうもない正体をどんどんさらけだしているような気もしていた。そして話すことがなくなってしまうと、他に話題は何もなかった。

マリモは孝志の演説が終わるのを待っていたかのように、

「お話、終わった?」と幼児に聞くように言った。

孝志はマリモのその言い方に、つまらない人間だという自分の正体はほとんど見破られているのだろうと思った。孝志が何も言わずに黙っているとマリモは言葉を続けた。

「あのね、もう会うの、やめない?」

「え……」

近い将来にそう言われることを予期していたとはいえ、まさかそれが今日とは思わなかった孝志は、実際に言われると想像以上のショックを受けた。そして想像以上のショックを受けている自分にもショックを受けた。

孝志はその受けたショックをどうにか胸の奥に押し込んで、うまくできているかどうかは分からない、うっすらとした笑みを無理矢理浮かべ余裕のある振りをして「どうしたの、急に」と言った。

「私、受かっちゃった」

「え……。なに受かったって？」

例のオーディションに受かったのだということはすぐに分かったが、孝志はとぼけてそう聞いた。

「オーディション。最終に残ってたやつ」

「あー。あの演劇の人が撮る映画？」

「うん」

「あ、そう！　良かったじゃん！」

ちゃんと笑顔を作れているかどうかはまったく自信がないが、いや、ひどい笑顔になっていることは百も承知だが、孝志はどうにか引きつった笑顔を張り付け、声を上ずらせて言った。

「うん。信じられない。昨日、事務所の社長から電話があったんだけどね。ほんとは真っ先に大山さんに伝えたかったんだけど、直接言いたかったから。もー、ほんと昨日は興奮して全然眠れなかった！」

それはそうだろう。孝志にもそういった類の喜びは分かる。今から十二年前、孝志が三十歳のとき、過酷な助監督の仕事に見切りをつけて、その助監督の仕事で貯めたお金で自主製作の映画を撮った。かなりの覚悟で撮ったその作品が評判になり世に出ることができたのだ。いくつかの映画祭で新人監督賞ももらった。そのときの嬉しさは昨日のことのように心と身体が覚えている。昨夜のマリモはそういった嬉しさに包まれていたに違いない。孝志がもう何年も得られていない感情だ。

「でね、社長がもし恋人とかいるならちゃんとしとけって」

「なに、ちゃんとしとけって？」

「絶対注目されるから文春砲とか気をつけろって、笑えるでしょ。そんなのないよって思ったけど、変なクスリとかやってないだろうなって聞くんだよ。やるわけないじゃんね」

「ハハハ。まあいきなり文春砲はねえ」

孝志は余裕のある振りを続けて言った。

「うん。あり得ないと思ったけど万が一って言うし。動画とか……残ってないよね？」

「当たり前じゃん。全部消してるよ」

マリモはしばし沈黙すると、「それに……」と言って、そのあとを言いよどんだ。

「なに？」

「どうせ長く続けられないでしょ。こんな関係」

孝志はその問いに咄嗟《とっさ》には答えられなかった。「こんな関係」という部分を、わずかにだが吐き捨てるような感じでマリモが言ったように聞こえた。

「大山さんにとって私なんて都合よくセックスできる相手でしかないだろうし」

「いやそんなことはないよ」言い当てられているが、そこは強く否定しておかねばマリモに失礼だ。

「でもだからって奥さんと別れてほしいとかぜんぜん思ってなかったし」

マリモは孝志の取ってつけたような否定など耳にも入っていないかのように、今度ははっきりと強めの口調で言った。

「もちろん大山さんのことは嫌いじゃないけど、こういう関係になったのって、正直言えば大山さんの映画に出られたりすることもあるかもなって思ったのも大きかったし」

それは十分かっていたし、そうしてあげたいとも思っていた。だがその期待にはまったく応えることができなかった。そのことは申し訳ないというか、力の無さを露呈したようで恥ずかしく思っていたのだが、こうもはっきりと言われるとなんだか清々しいものまで感じる。

「だから今日、最後にしよ」

「んー、まあそうか。忙しくなるだろうしね」

まだ余裕のある振りを続ける自分を孝志は少し惨めに思った。

「うん。その代わり、今日はなんでもしてあげる」

そう言うと、マリモは布団に潜り込んだ。

「え、なにこれー！　メッチャ小さくなってんじゃん！」

マリモは布団から顔を出すとおかしそうに言った。

「だって悲しいからさ」

孝志は平気な振りを続けて冗談めかしてそう言ったが、下半身の哀れなまでの縮み具合がその言葉が本心であることを証明していた。

2

同じ日の午前十一時、大山恭子は読書をしながら一時間近くつかってたっぷりと汗をかいた長風呂から出ると、顔に化粧水を塗り、何か特別なことが起こることはないと分かっていながらも、お気に入りの下着をつけて、鏡に向かって化粧を始めた。

脚本の打ち合わせがある日は、いつもこうしてお気に入りの下着をつけて、いつもより時間をかけて化粧をしてしまう。もちろん気合を入れた厚化粧などではない。時間をかけたナチュラルメイクをすることで、最近ちょっと戻ってきた自信がさらに上塗りされてなんだかワクワクした気分になる。

中学生や高校生の頃、気になる男子と隣の席になると、毎朝、学校に行くのが楽しみでならなかった。初めて香水をつけたのもあの頃だ。母親の香水を勝手につけてみたのだが、ふわりと漂ってくる香りに包まれると、なんだか少しだけ大人になったような気がして、鏡に映る自分がいつもよりきれいに見えた。

「やっぱかわいいよな、あたしって。ニコラいけんじゃん」

なんて思わず声に出してしまうくらいだったけれど、今の自分の気分はあの頃とちょっと似ている気がする。だから今日は、あの頃みたいにあえて声に出してみた。

「やっぱけっこうきれいだよね、あたし。まだぜんぜんイケるじゃん」

頰がカーッと熱くなって誰も見ていないのに恥ずかしくてたまらなくなった。いくら元女優とはいえ、さすがに三十七歳の子持ちが言うセリフじゃなかったと軽く後悔したけれど、でも、そんな自分すらも今は少しかわいいと思える。やっぱりあたしって根っからの俳優気質なんだろうなと恭子は思った。冴えないヒロインが何かをきっかけにどんどんきれいになっていくというような、ありふれてはいるけれど妄想せずにはいられない設定のドラマの中に自分がいるような気がした。

玄関を出るときに、水色のスプリングコートをはおると今度はリアルに「よし」と声が出てしまい恭子は苦笑した。こんなコートを買ったのも十年ぶりくらいだ。恭子が服をあまり買わないのはお金に困っているわけではなく服にそんなに興味がないからだ。いや、興味がないというよりは、着心地が良くて洗濯しやすいシンプルな服があれば十分満足だった。

恭子から見てもおしゃれだなと思う六十五歳の母親が洋服好きで、クローゼットに満杯の自分の服の中から恭子に似合いそうなものをしょっちゅう送ってくれる。若い頃から母親の配給物で十分だと思っていた。スーザン・サランドンやブリジット・バルドーは何でもないYシャツやジーンズでもカッコいいからそんなふうになりたいと、女優を志した頃から思っていた。

最寄りの練馬駅から西武池袋線に乗り、打ち合わせのある渋谷に向かう。恭子の行き先は東西テレビという民放キー局だ。そこに向かって歩いているというだけでまた気分も上がってくる。時おりウィンドウに映る自分の姿を確認すると、特に体重が減ったとか容姿に大きな変化があるわけではないのに、二、三年前の自分とは別人に見える。あの頃は、見るたびに老けていくようでウィンドウどころか自分自身からも目をそらしていた。

東西テレビのビルの入り口に来ると大勢の人が出入りしている。世の勝ち組と呼ばれる人たちの中でも、さらに仕事のできる人たちだけがここを出入りしているように感じる。そして自分もその中の一人なのだと恭子は誇りに思う。思いながらも、こうして出入りしている人間の大半は下請け制作会社の人間やフリーランスのスタッフであることを、小さな劇団で女優をしていた恭子は十分に承知している。売れない小劇場の女優だったころの恭子には、ここは天地がひっくり返っても手の届かない場所だった。脚本家に立場を変えたとはいえ、ようやくたどり着くことができた場所なのだから、ここへ来るたびに湧き上がってしまうそんな選民意識にもちょっとは浸ってみてもいいよねと自分に言った。

「いやー、湊山《みなとやま》さんも喜んでましたよ。演じ甲斐があるって。ホンにはうるさいあの人が新人ライターの脚本にあんなに喜ぶのは初めてじゃないですかねえ」

プロデューサーの糸原聡《いとはらさとし》が汗をかきながら嬉しそうに言った。四十代後半にして頭髪はほとんど禿げ上がり、お腹はぽこんと突き出ているが、眼鏡をかけたその愛嬌のある童顔はつきたての餅のようにきめ細かい肌で、実年齢よりも彼を若く見せている。いつも汗をかいているのもこの男の場合、暑苦しいというよりも一生懸命という印象だ。

湊山直彦《なおひこ》は役作りに時間をかけるうるさ型のベテラン性格俳優で、脚本にもいちいち口を出してくることで有名だ。今年五十八歳になると聞いたが、身体も鍛えているらしく、老いはまるで感じられない。私生活もまるで不明だが、ベテランになっても野心と好奇心は旺盛で、一人芝居だのコメディだのアクションだのと意欲的に仕事をしている。そして憑依《ひょうい》型と呼ばれる、全身で役になり切る演技力はすさまじいものがある。

小劇場で女優をしていた恭子からすると憧れを通り越して、怖くて震えあがってしまうほどの存在だが、同時に自分の書いた脚本に湊山直彦が出てくれたらどんなに嬉しいだろうとも思っていた。とりあえず当たるだけでも当たってみようということになり、オファーをしたところ快諾だったというのだ。

「僕はオッケーしてくれると思いましたよ。湊山さんは脚本の内容で決める人だから。誰が書いているとか関係ありません。前の稿よりもグンと良くなってますしね。こういうシナリオの改訂作業は演出する側としてもテンション上がるんですよねえ」

湊山直彦が自分の脚本に出演してくれることは夢のように嬉しいし改めて身の引き締まる思いだったが、恭子が何よりも嬉しいのは監督の二階堂健《にかいどうけん》がこう口にしてくれたことだ。

二階堂と出会ったのは半年ほど前の去年の九月、恭子が賞をとった東西テレビシナリオ大賞の授賞式のあとのパーティーだった。

子供ができて劇団を辞めるまでは、小劇場とはいえ公演のたびにヒロインを演じていた恭子が、そのときは久しぶりに主役の座に戻ったひとときで、多くのプロデューサーやディレクター、シナリオライターたちが入れ代わり立ち代わり恭子のもとに来ては「おめでとう」と言ってくれたり、「何かご一緒しましょう」と言って名刺を渡してきたりした。二階堂もその中の一人で、糸原とともに恭子の前にやってきたのだ。

「監督をさせていただく二階堂です。よろしくお願いします」

そう言って百八十センチくらいある長身を折り曲げるようにして名刺を差し出してきた二階堂を、そのときは「ああ、この人が監督するのか。ずいぶん若い人だな」と思った程度だった。糸原はそのときも汗びっしょりになって、「プロデューサーの糸原です。いやー、いいホンですねえ」と言ってくれた。

恭子が最優秀賞を受賞した東西テレビシナリオ大賞は、受賞作は必ず映像化されて深夜の時間帯ではあるがテレビの地上波で放映されるのだ。

年が明け、夏の撮影に向けてシナリオを改訂していく作業が始まると、恭子は途端に二階堂に対して好感を抱くようになった。二階堂から出てくる直しのアイデアは的確でなるほどと思えるものばかりで、自分の書いたシナリオを丁寧に読み込んでくれていることに感動すら覚えた。パーティーで出会ったときの二階堂は自分より一回りくらい年下の若手ディレクターに見えたが、実際は二歳だけ下の三十五歳だった。

「やっぱり村沢《むらさわ》さんの書かれるセリフが良いんですよね。なんだか生々しくて」

二階堂は恭子のことを村沢という旧姓で呼ぶ。旧姓でコンクールに応募していた恭子は、授賞式でも村沢恭子という名で名刺を作って配ったのだ。

旧姓でコンクールに応募したのは、大山恭子という今の名前で応募したら、もしかしたら夫の孝志にバレてしまうのではないかと思ったからだ。孝志のもとには、多くのシナリオコンクールの審査経過が掲載される『月刊脚本』という雑誌が毎月送られてくる。恭子の応募したシナリオコンクールも一次審査から通過者全員の名前が掲載された。シナリオコンクールの通過者なんかに孝志が目を通すことなどないと思うが、万が一ということを考えて旧姓で応募したのだ。

きっと自分がシナリオコンクールに応募したことを孝志は良く思わないだろう。旧姓でも孝志が気づけばバレてしまうのだが、それでもそのときは大山という苗字よりも旧姓を選んだ。

その旧姓で呼ばれることにも恭子は嬉しさを感じていた。ここ何年も恭子は知人から「太郎君ママ」とか「大山さんの奥さん」なんて呼ばれていた。自分の旧姓に愛着などなかったが、大山姓にはもっと愛着はない。旧姓で呼ばれるだけで自分が自分として、個人として認められているような感覚になるというのはあまりに単純だろうか。それほどまでに褒められたり認められたりすることに飢えていたとは思いたくないが、単純ついでに言うと、自分が書いたセリフをいつも褒めてくれる二階堂に、恭子は今では好感以上の感情をうっすらと抱いている。

二階堂は長身ではあるが、見た目はそう格好良くもない。でも、大きな手を使って身振り手振りで話すその様子は恭子を心の底からホッとさせた。そして笑うと目じりにしわが寄って優しそうな顔になる。以前の孝志も笑うとそんな顔になった。でも、最近の孝志の笑顔にはいつも卑屈さが滲んでいるように見える。

「普通のテレビドラマって、どんなに良いセリフでもその言葉以上の意味はないんですけど、村沢さんの書かれるセリフはごく普通の言葉なのに裏の意味があるような気がするっていうか……なんかいいんですよね」

そう言いながら二階堂は台本のページをゆっくりとめくっている。二階堂が見つめているのはもちろん台本なのだが、恭子は自分が見つめられているような気持ちにすらなる。シナリオの直しだってお化粧だってスプリングコートを着ることだって、ほとんど二階堂のためにしているような気がする。

「あとひと踏ん張りなんで、直し頑張っていきましょう。この脚本を演出できるなんて最高に嬉しいです」

二階堂はいつもの笑顔を浮かべて恭子にそう言った。

脚本というものは、出演者へのラブレターだと孝志はよく言っていたけれど（その言葉は後に受け売りと分かった）、本当にそうだと思う。二階堂からのこの言葉が、恭子は自分の書いたラブレターに対しての熱烈な返事のように聞こえていた。

3

朝八時三十分、太郎を保育園に送り届けると、孝志はそのまま駅近くにある喫茶店に入って、いつものようにココアを注文すると、まずはお気に入りのスポーツ新聞を広げ芸能面にある星占いを確認する。仕事に集中できなくなるのでスマホは家に置いてきている。

『ふたご座　努力が報われそう。吉報が届きそうな予兆あり』

その文言に一瞬心が躍りそうになるがすぐに我に返る。吉報が届くための伏線は何もないのだから吉報など届きようもない。それでもスポーツ新聞を占いの欄から見るのは孝志の長年の癖だ。

十二年前、監督した自主製作の映画を応募していたとある映画祭の審査結果発表の日、たまたま見た今日と同じスポーツ新聞の占いに『大きな喜びを得られそう』などと書いてあり、孝志はその占い通りに受賞した。それ以来、このスポーツ新聞の占いを孝志は信じているとまでは言わないが、気にするようになった。今日みたいにいいことが書いてあれば少しは気分もいいし、良くないことが書いてあればちょっと気分がへこむ。その程度のものだ。

孝志は今、深夜ドラマの脚本を書いている。撮影は六月で来月四月からその準備が始まる予定だ。内容は『孤独のグルメ』がヒットして以来、もう何番煎じになるのか分からないグルメもので、イケメンのサラリーマンが美味しいランチを食べながら上司や世間の悪口を言うだけの内容も何もない話だ。全十二話中の四話分の脚本と演出を任されているが、脚本を書く気はまったく起きない。

スポーツ新聞を読み終わると頭の中はマリモのことでいっぱいだ。今頃マリモはどうしているだろうか。オーディションに受かった作品の若手監督と顔合わせなどしているのだろうか。それともその監督は演劇界では情熱的な演出家として有名でもあるから、オーディション直後から読み合わせなんかも始まっているかもしれない。とすればすでにセックスするような関係になっている可能性もあるかもしれない。ああいう若くてギラギラした監督は自分勝手なセックスをしそうだ。マリモももしかしたらそんなセックスを喜んでいるかもしれない。

そんな三流アダルトビデオ以下のことを想像しては劣情にかられ、いてもたってもいられなくなりパソコンを閉じて喫茶店を出た。家に戻ってマリモとのエロ動画を見ながらオナニーするためだ。こんな行動をマリモと別れた十日前から何度も繰り返している。自分のバカさ加減にいささか呆れながら孝志が自転車を漕いでいると、ふいに視界に恭子が飛び込んできた。

大通り沿いの歩道を恭子は誰かと電話をしながら駅のほうへ歩いて行く。孝志は逆側の歩道から恭子がいるほうへ横断歩道を渡ろうとしたが赤信号になったので止まった。この距離にして十メートルほど向こうの歩道を歩いている妻の声までは聞こえないが、楽しそうに電話で話している様子は見て取れた。恭子に声をかけようかと思ったが、この距離ではある程度大きな声で呼ばねばならないし、恭子のその楽しげな様子になんとなく声をかけるのが躊躇《ためら》われた。

まだ朝の十時過ぎだ。今日は午前中から打ち合わせがあるのだろうか。孝志から見てもよそ行きというのかおしゃれをした恭子はそのまま駅のほうへ歩いて行き、一度こちらのほうを振り返ったが、孝志のことはやはり目に入らないようだった。

家に戻った孝志はパソコンを立ち上げると、ハードディスクの中に一つだけ保存していたマリモとのハメ撮り動画を再生した。

マリモと別れた日、孝志は夜の十二時過ぎに帰宅した。マリモと会っていた日のルーティンは、昼の二時頃にホテルを出て、そのまますぐに別れるのはさもセックスだけが目当てのようで申し訳ないので、昼から営業している飲み屋で一杯かるく飲んでから「子供の迎えがあるから」という理由で、迎えに行く二時間前くらいには別れるというのが常だった。だが、別れを切り出された日は、ホテルの滞在時間を延長しまくって夜まで一緒にいた。別れることが決まっている上でするセックスは普段の何倍も良くて、最後にはマリモに「別れたくない。別れたくないよぉ」としがみつき、芝居じみた涙まで流した。

ここがいい別れどきであることは理解しつつも、捨てられるという敗北感と、二度とマリモの身体を抱けないことを思うと、自分でも驚くような三文芝居を打てた。

「演技、下手だね」

そう言いながらマリモは孝志の頭をずっと撫でてくれた。孝志の芝居じみた言動に付き合って頭を撫でるという芝居じみた行為をマリモもしてくれているのが分かった。オーディションに受かったマリモにはこんなお芝居ごっこに付き合う余裕もあるのだろうと孝志は頭を撫でられながら思っていた。

「マリモが有名になっても俺の映画に出てくれよな」

良いセリフとは言い難いが、最後はどうにか最低限の格好の付きそうなセリフを言って別れた。

マリモとのセックス動画をおかずにしたオナニーで果てた瞬間、みっともなく下半身を露出させたまま、でもやっぱりマリモとはきっちりと別れておいて良かったと孝志は改めて思った。寂しいし、マリモとセックスできないのは惜しいが、それでも恭子や息子の太郎と別れる気が毛頭ない以上、マリモがオーディションに受かったのは好都合だったのだ。そして、これもマリモと別れてからここ十日間同じパターンの思考を繰り返しているのだが、オナニーで果ててとりあえず性欲を処理できると、今度は恭子との関係のことが不安になってくるのだ。

孝志が恭子と別れてマリモに走らないのは、恭子のことを愛しているからというよりは、今の生活をなげうってまでマリモに走るほど彼女との恋に狂ってはいないからだ。仮に相手がマリモよりも何倍も魅力的な女性だったとしても、最終的には今いる安全な場所から動くタイプの人間ではないと孝志は自分自身のことを分析している。

恋とか愛とかに狂える人間になりたいかと言えば、そうではないが、安全な場所に居続けるタイプの人間だということには、かすかなコンプレックスを抱いている。物作りをしている人間がそんなことでいいのだろうかと思ってしまうのだ。でもやはり、すべてをなげうって新しい恋に走る勇気は今の自分にはない。

かつて映画業界からちょっとは注目されてチヤホヤされていたころならまだしも、今の明らかに落ち目な自分が恋の相手の気持ちをずっと同じテンションでつなぎとめておくことは不可能だろう。そう思うととても新しい恋になど走れなかった。

片や恭子のほうは、もしかしたら今、新しい恋に走り出しそうになっているのかもしれない。先ほど見かけた、生き生きとした恭子の姿を思い出す。最近あんな顔を孝志の前では見せたことがない。よほど充実した日々を過ごしているのだろう。

恭子がシナリオコンクールで受賞したと知ったとき、孝志は動揺する自分を押し殺すのに必死だった。今思い返しても自分の器が小さいことは重々承知しているつもりだったがここまでとは思わなかった。

映像化に向けての脚本直しの作業が始まると、恭子は途端に忙しくなり、孝志が太郎のお迎えや夕飯の支度をするようになったが、なんとか気持ちを誤魔化しつつそれを受け入れていた。そうしないとカッコ悪すぎるからだ。だがマリモを失ってみると、恭子を拘束したいという気持ちがどんどん抑えられなくなっていった。

女性は本気で恋をすると家庭や子供をなげうってその恋に走る傾向が男性よりも強いといったようなことをよく聞くが、脚本の打ち合わせを午前中から始めるなんていうことは考えられない。もちろんなくはないが、自分の経験からしても滅多にない。だとしたら恭子はこんな午前中からどこへ行くのだろうか。もしかしたら打ち合わせの前に監督と待ち合わせして俺のようにホテルで一発やったりするのではないかと、孝志は自分がそういうことをしていたから余計にそんな安っぽい不倫ドラマのような妄想をしてしまう。妄想の中で、見たこともない監督に抱かれている恭子はとても色っぽい。自分の想像力の貧困さがほとほと嫌になるが妄想せずにはいられなかった。

帰りは何時頃になるのかＬＩＮＥで確認しようとスマホを手に取ると、恭子からＬＩＮＥが来ていた。

「今日は午前中からオーディションです。オーディションが夕方まであって、そのあとに打ち合わせとかあるかもだから遅くなるかもしれません。先に太郎と寝ててね。夜更かしして『ウォーキング・デッド』とか見せないでね」

オーディションだったのかと思うと孝志は少しホッとした。ホッとしながらも、帰宅が遅くなることをやんわりと匂わせたその書き方に少しイラつきを覚えた。

4

オーディション会場で審査員側の机に「脚本　村沢恭子」と書いて貼ってある紙を見ると、恭子はなんだか不思議な気持ちになった。

まさか自分がこうしてオーディションの審査をする側にまわるなんて想像したこともなかった。

今、控え室で待っている名もなき俳優たちの気持ちが恭子には手に取るように分かる。このオーディションで選ぶ役は二十代後半の女性の役だ。だから当然二十代後半に見える無名の女優たちが控え室で待っている。その年頃の売れない俳優というのは男でも女でも例外なく将来に対して焦りに焦っていることだろう。あの頃の自分に置き換えればそんなことはすぐに分かる。

今回のオーディションを勝ち抜いて見事に役を射止めると、湊山直彦の演じる主人公と不倫している主婦の役を演じることになる。湊山直彦たっての希望でオーディションによって相手役を選ぶことになり、しかも、今日は湊山直彦自身もオーディションの審査員として参加するのだ。今、控え室で待っている女優たちの緊張感は最高潮に達しているだろう。

湊山直彦は自身の相手役をこうしてオーディションで選ぶことがたびたびある。その都度、オーディション会場まで実際に行って目を光らせているという噂を聞いたことはあったが、まさか本当にそうしているとは思わなかった。

控え室で待つ女優陣の緊張が壁を突き破ってこちらにまで迫ってくるようだ。湊山の役をこのオーディションで代役として演じるためだけに呼ばれた男優も、先ほどから緊張の面持ちでオーディション用の台本を開いてブツブツとセリフをつぶやいている。年齢は湊山よりずいぶん若いらしいが三十代半ばくらいに見える。彼にとっても代役とはいえ湊山の前で本人が演じる役をやるというのはかなりのプレッシャーなのだろう。彼の緊張ももらってしまったのか恭子は口の中がカラカラになってさっきから水ばかり飲んでいる。

「緊張してます？」

声をかけてきたのは二階堂だ。

「さっきから水ばっかり飲んでるから」

「なんだか自分がオーディション受けるときよりもドキドキしてるかも」

恭子はそう答えると、また一口水を飲んだ。

「そうですよね。僕なんか昨日の夜、眠れなくなっちゃって。やっぱり湊山さんと一緒に審査するって下手なこと言えないじゃないですか。いやもちろん湊山さんがいなくても下手なことは言えないんですけど」

二階堂の言葉を聞いて恭子はホッとした。そうだ。緊張しているのは何も自分とオーディションを受ける女優たちだけではないのだ。二階堂だって当然緊張するだろう。湊山を演出するだけでも大ごとなのに、オーディションまで来られては、大きなプレッシャーだろう。

こういうときに素直に緊張していると言える二階堂に、恭子はまたも好感を抱いた。とかく監督と呼ばれる人たちは、背伸びして虚勢を張って自分を強く大きく見せようとする人が多い。もちろんそんなハッタリもときには必要な世界なのだろうけれど、二階堂にはそういう面を感じたことが一度もない。

恭子のような新人シナリオライターにも分け隔てのない態度で接してくれる。孝志も表立っては威張ったようなところはないが、家では嫉妬心や虚栄心を露骨に出す。それはたいていの人間が持ち合わせているものだろうし、恭子自身も特に女優だった頃はそんな嫉妬心や虚栄心をどうにか押し殺して生きてきた部分もあるので理解はできるのだが、いつ頃からか孝志のそれが鼻についてイライラしてしまうようになった。それをバネにして仕事を頑張ってほしいと思っていたのだが、最近はそのあまりの器の小ささが露呈するときは孝志を視界から消すようになった。

「湊山さんとお仕事されたことはあるんですか？」

恭子は二階堂に聞いた。

「ADの頃ですけどね。普段はぜんぜん気さくな人なんですけど撮影入ると人が変わっちゃうっていうか、心身ともに役になりきっちゃうんでしょうね。憑依型っていうのか」

普段は気さくというのは意外だった。二十四時間演技のことばかり考えているような人だと思っていた。何かのインタビューで、監督や脚本家とは徹底的にディスカッションするというような記事を見たことがあるが、今回もそうなるのだろうか。もしかしたらシナリオに対して何か厳しい意見を言われるかもしれないと恭子はそのことも少し不安だった。

「湊山さん入られまーす！」

プロデューサーの糸原が額に汗を浮かべながら部屋に入ってくると、恭子や二階堂、準備をしていた他のスタッフたちの背筋が一気に伸びたように緊張感が場を支配して、みんな入り口に向かってほとんど直立不動のような状態になった。

「はい、おはようございます」

そう言いながら入ってきた湊山直彦は柔和な笑顔を浮かべて意外なくらい小柄だ。いや身長は百八十センチある二階堂とたいして変わらないのだが、顔が小さいからイメージよりも一瞬小柄に見えるのだ。身体も思ったより細くて背筋はピシッと伸びている。役作りのために太ったり痩せたり、卑屈な顔になっていたり、精悍な顔になっていたりするから、考えてみれば湊山直彦の確固たるイメージというものはないのだ。

「よろしくお願いします」

二階堂が挨拶をすると、湊山は「おお、出世したねえ、二階堂君」と言った。

「一応とっくに監督になってますから」と二階堂は笑顔で言った。

「ぜんぜん声かけてくれないじゃない」

「畏れ多くて」

「何を口だけうまくなって」

恭子はどうしていればいいのか分からず、薄ら笑いを浮かべながら二人のやり取りを聞いていた。

「お話し中すみません。湊山さん、ちょっとご紹介させてください」

恭子とは違った、自然な笑顔で二人のやり取りを聞いていた糸原が言った。

「今回の脚本家の村沢さんです。村沢恭子さん」

糸原が恭子を湊山に紹介した。

「はじめまして。村沢です。よろしくお願いします！」

恭子は舞台のカーテンコールのとき以上にこれでもかというくらい頭を下げた。

「湊山です。はじめまして」

湊山は姿勢を正して恭子に少し頭を下げた。そして続けて「いいホン書かれますねえ」と言った。

「ありがとうございます！」

恭子は恐縮してまた頭を下げた。

「村沢さんはもともと俳優をされていたんですよ」と糸原が言う。

「あ、そうなんだ。どうりでいいホン書くわけだ」

湊山がそう言うと、二階堂と糸原が笑った。恭子はそれが冗談だとはすぐには気づかず、外国語で話しかけられた日本人のように曖昧な笑みを浮かべていた。

「よろしくお願いしますね」

湊山は笑顔で恭子に言うと、挨拶をしに来た旧知のお偉いさんスタッフと談笑を始めた。

「ね、気さくでしょ」と二階堂が小さな声で言った。

「はい。ぜんぜんイメージと違いました」

「オーディション始まるとどうなるか分からないけどね」

笑いながら言う二階堂に恭子は尊敬の念が湧き始めていた。いくら普段は気さくとはいえ、あの湊山直彦を向こうに回して一歩も引かずにごく自然に話していたその姿だけで尊敬しそうになってしまったのだ。

「まあでも、きっとオーディション受ける人たちも今日は心強いと思いますよ」と二階堂が言った。

「どうしてですか?」

「審査する側に演技をしている人がいると、受けるほうからすれば、ちゃんと見てもらえるって心強いんじゃないかなって。それに台本書いた人が元役者ですから。オーディションて残酷じゃないですか。ほんとはこんな短い時間で役に合うかどうかなんて分からないですよ。もちろんこちらも必死で見ますけど、もうほとんど勘でしかない部分もありますし……審査しながらたまに、『あんたたちに何が分かるんだよ』なんて思われてることもあるんだろうなと思ってたんですよね」

恭子は驚いた。まさに恭子は何度もそんなことを思っていた。オーディションを受けながら、机の向こうにふんぞり返って腕組みしている監督やら脚本家やらプロデューサーやらが憎くなることもたびたびあった。「つまんねえドラマ作ってるくせに偉そうにしてんじゃねえよ」などと腹の中で何度毒づいたかわからない。人が人生を賭けている場で余裕かましてゲームでも楽しんでいるかのように見えた監督やプロデューサー側にもこういう感覚を持っている人がいるとは正直思わなかった。

二階堂にいい女優さんを演出してほしいと心から思った。以前の自分なら、素敵な女優と二階堂が出会うことに複雑な気持ちになっていたかもしれない。でも今は、二階堂とこのオーディションを受かることになる女優との出会いが素晴らしいものになればいいなと素直に思っている。それが作品を良くすることであるし、自分の名前が売れることにつながるのだ。

自分のためと、二階堂のためと、今、控え室で待っている名もなき女優たちのためにも、今日は目を皿のようにして審査に臨もうと恭子は思った。

5

『ウォーキング・デッド』のシーズン7を一話から五話まで見たところで、太郎を保育園に迎えに行く時間になった。

孝志は家を出ると自転車にまたがって保育園に向かった。また今日も一日何もせず――マリモとのハメ撮り動画でのオナニー以外は――無為な時間が過ぎてしまった。そろそろグルメドラマの台本が一話ぶんだけでも欲しいとプロデューサーから催促の電話はあったが、新型コロナの影響で本当に撮影できるのかどうか雲行きが怪しくなっているのでどうにも書く気が起きない。いやコロナどうこうなど関係なく書く気がどうしても起きない。食うための仕事とは割り切っているのだが、数年前の自分ならこんな企画は足蹴にして断っていただろう。

「オース、太郎パパ」

保育園の駐輪場に自転車をとめながらその声に振り返ると、上下黒のジャージ姿の大《だい》地《ち》君ママがいた。

「あ、どうも」

「今日もお迎えパパなんだ」

「まあ。今、けっこう暇なんで」

「マジで？ じゃ今日も象さん公園寄ろうよ。大地が太郎と行きたいってうるさくてさあ。って勝手に決めてるけどいい？」

「いいっすよ」

自称バリバリの元コギャルで今は近所の大型スーパーの惣菜（揚げ物）のプロを自称する大地君ママはいつもフレンドリーに話しかけてくれるので、孝志もママ友たちの中では大地君ママはとても話しやすかった。大地君ママは裏表のない性格で、保育士さんや他のママの情報や悪口などもガンガン話してくれるから、そういった話を聞いているのも楽しい。

「飲み会もそろそろしたいよね」

「また誘ってくださいよ」

太郎の送り迎え担当の孝志は、ママ飲みに誘われることもたまにあった。

「でもコロナがさぁ。なんかどうなっちゃうんだろ」

見かけによらず大地君ママはコロナを怖がっていて、最近は会うたびに「イタリアやべえ、イタリアやべえ、終わってる」とよく言っていた。

年長組の部屋にお迎えに入ると、祥子《しょうこ》先生が太郎と大地君を連れて出てきた。祥子先生は去年の三月に短大を卒業してこのしいのみ保育園に赴任してきた若い保育士さんで、パパたちからの人気はナンバー1だ。胸も大きくいつも笑顔でハキハキしていて元気な祥子先生を孝志も気に入っている。

「太郎君、大地君、パパとママ来たよー！」と祥子先生が呼ぶと、太郎と大地君が走ってやって来た。

「二人とも今日も元気に過ごしました。はい、気を付けピッ！　先生さようなら、皆さんさようなら。ハイタッチ！　バイバイッ！」

膝をついて太郎と大地君にさよならの挨拶をする祥子先生のTシャツから開いた胸元

にどうしても目をやらずにいられない。これがお迎えの大きな楽しみなのだ。

「さっき祥子先生のオッパイ見ようとしてたでしょ」

「え⁉」

象さん公園のベンチに腰をかけるなり大地君ママはニタニタした顔で孝志に言った。

太郎と大地君は公園に到着するなり象の鼻の形をした滑り台で遊んでいる。

「もうバレバレ。あれ、向こうも気づいてるからね。完璧に」

「……マジで？」

孝志は薄ら笑いを浮かべるしかなかった。大地君ママとはこういう明け透けな会話ができるのも楽しい。

「しかも祥子先生、彼氏いるよ。二月頃駅前の居酒屋で飲んでるの見たもん」

「マジで⁉」

アホのように「マジで」を繰り返す自分が少し恥ずかしいが、それ以外の言葉を孝志は思いつかない。

「マジで⁉　じゃねえよ。本気でショック受けてんでしょ？　うけるわ。すんげえミニスカートでマジ引いたけどね」

大地君ママは笑って言った。

もちろん孝志は本気でショックを受けたわけではないが、祥子先生のミニスカート姿は意外だし見てみたいと思った。

「めっちゃ無防備だよね、保育園の近くで飲んでて誰かの親とか別の先生とかに見られるとか思わないのかな。あたしにも気づかずイチャイチャしゃべってたけど」

「へえ。いいなあ」

「なにが？」

「イチャイチャしてるのが」

「ね。いいよね、イチャイチャ。あたしもしたいなー、イチャイチャ。最近どうなの？恭ちゃんとは？　相変わらずあんましてないの？」

大地君ママは恭子のことを恭ちゃんと呼んでいる。そしてそんな下ネタもやっぱり平気でぶち込んでくる。

「してないねえ。もう半年くらい」

「半年かあ。まあウチよりはましだけど、もしかしたら浮気してんじゃないの？　恭ちゃん」

「いや、それはないでしょ」

と答えながらも孝志は内心ドキッとした。

「分かんないよー。だって前に飲んだとき、したいって言ってたもん。旦那以外と」

「ウソ、マジで⁉」

笑顔で言ったが孝志の心臓は先ほどの倍以上はドキッとした。

「まあそんなのどのママも言ってるけどね。まさきママも言ってんだよ、あんなババアなのに」

まさき君ママは四十歳を超えての高齢出産なのだ。

「ダメだよ、そんなこと言ったら」と孝志は思ってもいないのに咎めた。

大地君ママはそれには応えず、「あたしはもう旦那でもいいからしたいわ」と言った。

そんな大地君ママの下ネタに孝志は何気にときめきに似たような胸の高鳴りというのかドキドキを覚える。なんなら今この瞬間、下半身も勃起気味だ。

「でも言えねえんだよな、今さら。しようって」

「言えばいいじゃん。喜ぶんじゃないの、旦那さん」

「ぜってえ喜ばねえ、あいつは。オナニーのほうが好きだもん」

「あ、そうなんだ」

「太郎パパは？　やっぱ一人でするほうが好きなの？」

「いや、俺はもう完全に女体派。つっても最近はあんま求めてもないけど……」

いつ頃から恭子が夫婦のセックスに乗り気ではなくなったのか、孝志はもう記憶も定かではないが、分かりやすく太郎を出産したあとからだったかもしれない。

大地君ママに言ったように孝志はオナニー派ではなく女体派だから、恭子の身体自体は飽き飽きしているとはいえ、十日に一度くらいはやはりセックスをしたくなるから求めてはいた。孝志が求めれば、恭子は面倒くさがりながらも三回に二回はさせてくれていた。一年半ほど前からマリモと付き合うようになっても、孝志は恭子に求め続けた。突然求めなくなるのも不自然だし、むしろマリモと付き合い始めてからのほうが、恭子とのセックスに新鮮なものを感じるようになった。

浮気をしながら妻を抱くという背徳感と、夫の浮気を知らずに孝志に抱かれている恭子に、理由は分からないがどうしようもなく欲情するものがあった。

だが半年前に恭子がシナリオコンクールで受賞してからはあまり誘えなくなった。脚本直しなどで忙しくなった恭子に断られることが多くなり、なんとなく求めづらくなってしまったのだ。

大地君ママとエロ話をしながら半勃起だった孝志の下半身はすでにフル勃起している。このエロ話の延長で大地君ママとセックスできたら楽しそうではあるが、そんな確率は万に一つもない。

恭子のことを性欲処理マシーンなどと思ったことはないが、しかし火が点いてしまった性欲をオナニー以外の方法で処理しようと思えば、恭子とするか風俗に行くしかない。人見知りの孝志にとって風俗の壁は高く、正直言って苦手だ。相手の女性に遠慮してしまうし、気を遣い過ぎてクタクタに疲れてしまう。それに風俗嬢の方々にとってはありがたいらしいがかなりの早漏というのも恥ずかしい。となると恭子とするしかないのだが、三、四か月ほど求めていないので、今さら求めるのはなんだか恥ずかしいし、求め方というものも忘れてしまった。

「まあ、こっちも求め方が分かんないっていうか、やっぱり恥ずかしいよね、今さら」

「したいって素直に言えばいいじゃん。ってさっきの太郎パパと同じこと言ってんね。悩むよね、お互い」

「だったら、お互いの身体でその悩みを解消し合っちゃう？」というような一歩踏み込んだ返しをする度胸は孝志にはない。

「いつもはどんな感じで求めてんの？」

以前にも飲み会で同じことを聞かれたような気がしなくもないが、大地君ママが聞いてきた。

「いや、別に普通っていうか……今日どうかな？　みたいな」

答えながら孝志は顔が赤くなってしまう。

「何それ、チョーかわいいじゃん。させちゃうけど、あたしならそんな感じで言われたら」

そう言われて、孝志はさらに赤くなり、額に汗まで噴き出してきた。

「え、そっちはどうしてんの？　だって言葉以外になに？　なんか合図とか？」

「なに、合図って？」

「いやなんか……ドラマや映画でよくあるじゃないすか。なんかビールを三本飲んだらその合図とか枕カバーが交換されてたらOKのサインとか」

「ヤダ、キモイー！　何それ、一気に萎えちゃうけど、そういうの。あたしもほとんど諦めてるから最近はぜんぜん求めてないけど、前はLINEだったよ」

「LINE⁉」

「うん。だって恥ずかしいじゃんもう、直接言うの」

「え、なんて書くのLINEに？」

「『最近してないし、そろそろしようよ』とかって」

「え、それもムチャクチャかわいいじゃん！　え、それでどんな返事あんの？」

「なし。既読スルー」

「えー、それひどいね。俺ならそんなLINEもらったらその日、仕事になんないけどね」

　ずっと勃起しちゃうから。

　というようなギャグもやっぱり孝志は言えないが、それは本心から出た言葉だった。そんなLINEが来たら、たとえオナニー直後だったとしても孝志は嬉しいに違いない。

「じゃ、LINEしてみりゃいいじゃん。恭ちゃんに」

「えー」

「しなよ、しなよ！　今しなよ！」

「いや今って……え、なんてすればいいの？」

「『したいよ、したいよ』って。あ、小さい「ぉ」もつけたほうがいいかも。『したいよぉ』って」

「いや、恭子はそういうの気持ち悪がるから」

「じゃ、直球。『久しぶりにしたいです』って。あたしが打ってあげようか」

「いや自分で打つから」

「ほらほら、早く！」

楽しそうに大地君ママは孝志のスマホを覗き込みながらせっついてくる。大地君ママからは香水なのか何なのかよく分からないがいい匂いがする。

「なんか……恥ずかしいなあ」

「じゃ、互いに打ちっこしようよ」

「えー！　マジで⁉」

「マジでマジで。それでその後どうなったか報告し合おうよ。ヤダ、ちょっと面白いかも。なんかそういうのないとLINEもできないし」

大地君ママは嬉々としてスマホを取り出すと両手でLINEを打ちながら、「ほら、太郎パパも打ってよ。ゲーッ！　送っちまった！」と言うとその文面を孝志に見せてきた。

『今晩、久しぶりにしたいんだけど』とシンプルながらもキュンとする言葉が書いてある。

「ほら、早く！」

促されて、孝志は「今晩、久しぶりにしたいです。どうですか？」とだけ書いた。

「どうですかのあとに『……』入れときなよ。そのほうがかわいいから」

「ほんと？」

孝志は言われたままに「どうですか……？」と打ち直した。

「ほら送信！」

「もう……おりゃ！」

孝志は送信ボタンを押した。

「なんかドキドキすんね。あー、チョー楽しい」と大地君ママが言った。

孝志もなんだかエロワクワクしたような気持ちになって、今晩は俄然恭子としたい気分になっていた。

6

「以上ですね。お疲れ様です」

糸原が禿げ上がった額をテカテカさせて言ったときはすでに夕方の五時過ぎだった。さすがに午前中から目を凝らして審査をしていると後半の参加者はやっぱり不利になるなあと恭子は思った。正直みんな同じように見えてしまうのだ。

「先生は誰かいた？　いい人」

湊山が恭子を見て言った。先生と言われても一瞬自分のことを言われていると分からなかった恭子は思わずうしろを振り返った。

「うしろ見ても誰もいないよ」

湊山が今度は笑いながら言った。

「あ、えーと……」

狼狽《うろた》えてはいけない。ここは堂々と正直に言わなければと、自分が一番いいと思った女優の名前を言った。その子はトップバッターで審査に臨んできた女優で、結局今日のオーディションは彼女が基準となったのだが、その後は彼女を超える人物はいなかった。

「ああ、一番最初の人ね。やっぱりそうだよね」

湊山が同意するように言ったことが恭子は飛び上がるほど嬉しかった。

「僕も彼女ですね。あくまで今日の中ではという感じですけど」

二階堂も言った。

「まだ探せるんじゃない？　もう少し粘ろうよ、せっかくいいホンなんだから。ねえ先生」と湊山がまた先生と言った。

「あ、は、はい」

どういうつもりで湊山が自分のことを先生と言っているのか恭子は真意をはかりかねたが、きっと「センセイ」というカタカナのほうだろう。バカにされているわけではないだろうが、まだ認めてはくれていないのだろう。でもそれは当然だ。新米ライターなのだから。

「そうですね。もう一回各事務所に告知かけてみますか」と糸原が言う。

「うん、そうしようよ。それで、ホンのことなんだけどさ。時間ないからちょっと思ったことだけ伝えていい？」

湊山の言葉に恭子の身体は瞬時にこわばった。ホンというのは台本のことだ。その話をするとは思っていなかったので心の準備ができていなかったが、でも、かえってそのほうがいいかもしれない。覚悟を無理やり決めるしかない。今まで湊山が「センセイ」と呼んでいたのはこれの前触れだったのかもしれない。

湊山は、いくつか感情のポイントの流れが分からないということを言い、そこを修正するためのアイデアを言った。その意見はすぐには納得できないところもあったが、二階堂も糸原も黙って聞いている。

「いただいたご意見を、ちょっとこちらで一度整理させていただいていいですか」

湊山の話が終わると二階堂が言った。

「もちろん。最終的には監督にしたがいますよぉ。センセイにも」

湊山は冗談めかして言うと、「お疲れ様」と言って部屋から出て行った。

恭子が二階堂を見ると、二階堂も恭子を見返した。そしてニコッと笑うと「大丈夫ですよ」と言った。

「ちょっと僕なりに、今、湊山さんに言われたことも考えてみますけど、受け入れられないと感じたところもあるし、そこは突っぱねて大丈夫ですよ。頑なに自分の意見を通す人じゃないですから」

二階堂のその言葉を聞いて恭子もホッとした。湊山が頑なではないということにホッとしたというよりは、二階堂の堂々とした態度にホッとしたのだ。やっぱりこの人は信じられると思った。

「今日はとりあえずこれで解散しましょうか。オーディションは今日の一番の人をキープしつつもう一度やってみるということで。一応、村沢さんのほうでも湊山さんの意見を台本にうまく取り入れることができるか検討だけでもしてもらっていいですか？」

糸原の言葉に「もちろんです」と恭子は答えた。

「二階堂ちゃん、このあとちょっといい？　スタッフ編成のことで」

「いいですよ」

そのやり取りを聞いて恭子は少し残念な気持ちになった。これでこのあと食事に行ったりすることはないことが確実になった。今日はこれで解散にしましょうかと糸原が言ったときは、もしかしたら二階堂から「飯でも」と誘われるかもしれないと少しだけ期待していたのだ。

「じゃあ村沢さん、お疲れ様でした。引き続きよろしくお願いします」

糸原にそう言われ、名残惜しかったが、「お先に失礼します」と言って恭子も部屋を出た。

トイレで用を足しながらスマホを取り出すと、LINEが数通来ていた。太郎の保育園のママ友から二通と孝志から一通だ。

ママ友は大地君ママと柚希《ゆずき》ちゃんママからだった。大地君ママからは『今日、帰りに太郎パパと象さん公園寄りました！　大地とたくさん遊んでもらってチョー助かった』という文章で、柚希ちゃんママからは『療育どうする？　ウチは行くとこなんとなく決めたけど、やっぱり空きがなかなかないみたいよ。コロナで新規受け入れ激減してて、ヘビーな子とか親は今すごい困ってるんだって』というものだった。

もしかしたら太郎には発達障害の疑いがあるかもしれないと保育園の先生に言われたとき、恭子は一瞬何がなんだか分からなかった。なぜ太郎を障害者扱いするのかと困惑したくらい、発達障害というものに対してなんの知識もなかったのだ。だが保育士さんから借りたその手の本を読むと、太郎の行動がばっちり当てはまり、もしかしたら太郎はそうなのかもしれないと思った。ロッカーの配置換えや手をつなぐ友達が変わるなど急な変化を極端に嫌がり癇癪を起こすとか、お遊戯の輪に入らず頑なにレゴで遊び続けるとか、お散歩のときにいつもと違った道を通ると不安がって泣き出してしまうなどまんま太郎だった。
五、六歳だと子供はみんなまだ幼いからその差がよく分からないのだが、小学三、四年になってくると違いがはっきりしてくるなどというようなことも書かれていて、太郎とともにその気配があるかもと言われた柚希ちゃんのママと一緒に発達障害の治療ではないのだが、癇癪を起こしそうになったときの気持ちのコントロールや、人の気持ちを考えるような訓練のできる療育に通わせてみようと話していたのだ。
だが恭子は、こう言っては柚希ちゃんママに申し訳ないが、柚希ちゃんはかなり濃い目のグレーゾーンだが、太郎はそれほどでもなく、まだ個性の範疇ではないかと思っている。だから療育通いはもう少し様子を見てからにしようと考えていた。それに今は脚本のことで頭がいっぱいでそのことを考える余裕もあまりなかった。

大地君ママには「こちらこそありがとー！ そろそろ飲みたいね！」と返信して柚希ちゃんママには「今度詳しく教えてー！」とだけ返信しておいた。そして孝志からのLINEを開いた。

『今晩、久しぶりにしたいです。どうですか……？』

「ん……？」

すぐにはその文面の意味が分からず、それがセックスのことを指しているのだと理解するのに五秒ほどかかった。そして分かった瞬間に、ズンッと気分が重くなった。はっきり言って面倒くさい。したくない。しかもこういうことをLINEで伝えてくるというのもなんだか気分を害するし、気色悪い。もちろん直接言われても困るが、読むほうの気持ちを考えているのかと思ってしまうし、『どうですか……？』と『……』なんぞをつけているところもまた腹が立つ。

「あぁ帰りたくない」

恭子は心の底から思った。LINEを見なければよかった。このまま一人でご飯を食べに行こうか、それとも映画でも見に行こうかと思ったが、先ほど湊山に言われた台本上のダメ出しをじっくり考えなければならない。もしかしたらより良い直しになるかもしれないし、きちんと考えるのが湊山だけでなく二階堂や糸原への礼儀でもある。パソコンを持ってきていれば、どこかで仕事ができたのに……。今日は長時間のオーディションだからパソコンは使わないと思い持って来なかったのだ。

台本のことを思うと映画にしろ食事にしろ心からは楽しめないだろう。それにコロナで少しナーバスになっている太郎のことも心配だった。大人たちの不安感のようなものが伝染したのか今まで以上に癇癪を起こしやすくなっているのだ。

『今から帰ります』とだけ孝志のＬＩＮＥに返信して、とりあえず恭子の足は家に向かった。向かうしかなかった。

前にしたのはいつだったろうか。ほとんど覚えてもいないが、確か今年に入ってからはまだ一度もしていない。

そう言えば孝志は近頃あまり求めてこない。脚本直しが始まったあたりで強めに断ってしまったから、もしかしたら傷ついているのかもしれないが、それならそれでありがたかった。

もちろん恭子だってしたくなることはあるのだが、その相手は孝志じゃなかった。恭子はたまに一人ですることがあるが、もっぱらそのときに想像してしまうのは、今はやっぱり二階堂だった。「いけない、いけない」と思いつつ、それこそ湊山や役所広司、ジョージ・クルーニー、ハビエル・バルデムなど絶対に手の届かない有名人を想像しようとするが、今現在具体的に付き合いのある二階堂がやはりもっとも想像しやすいのだ。

でも、だからと言ってすぐに二階堂とどうかなりたいとは思っていない。向こうも結婚しているし、あくまで仕事上のパートナーとして好意を抱いているだけ……のはずだ。あまり考えすぎてそれが恋愛感情になってしまい、面倒くさいことになるのは嫌だった。それに孝志とするのは嫌だが、別れようとまでは思っていないのだ。

家の前まで来ると——孝志と恭子の住まいは一応小さいながらも賃貸の一軒家だ。孝志の知り合いの伝手《つて》で家賃十五万円ほどで借りている——太郎のヒステリックな喚《わめ》き声が聞こえた。多分、ゲームを続けたくて癇癪を起こしているのだろう。ゲームは一日一時間までと決めているのだが、最近はそれが守れない。普段は平気でゲーム漬けにして自分の仕事をしたりスマホをいじったりしている孝志だが、きっと今日はあんなLINEを私に送ったから、私が帰ってくるまでにゲームをやめさせてポイントを稼ごうとしているのだろう。

「ただいま」

玄関に入ると太郎がダッシュで飛びついてきた。

「あのね、あのね、荒野行動まだ少ししかやってないのにパパがiPad取った！　ひどいよ、なんか言ってよ、パパ怒ってよ」

太郎が「おかえり」も言わずに一方的にマシンガントークをするのはいつものことだが、そのあとに、薄気味悪い笑みを浮かべて「おかえり」と気持ちの悪い猫撫で声で言いながら孝志が出てきた。

「夕飯、できてるよ。今日は恭子の好きな海老のトマトクリームパスタとデトックススープだから。太郎はゲーム一時間やっただろ」

メニューを聞いて、恭子はここぞとばかりに言った。

「あのさぁ、前から言ってるけど、私、生クリームたっぷりのパスタ好きじゃないから。私はシンプルなペペロンチーノが一番好きなの。蕎麦ならざる蕎麦なの。孝志が作るの生クリーム丸まる一パックとバターたっぷり使うからかなりハイカロリーなんだよ。胸やけすんの。覚えてよね」

セックスのことが頭にあったのでついつい強く言い過ぎてしまったが、でもここまで言えば今晩求めてくることはないだろう。

靴を脱いで家に上がると、脱ぎ散らかした服、靴下、ジャンパー、保育園グッズ、おもちゃ、孝志の読みかけの本、太郎の絵本が散乱しており足の踏み場もなかった。いつものこととはいえ、その有様を見ると、恭子の頭の中にはもはやセックスをどう断ろうかという問題は吹き飛んだ。文句なく無しだ。

「ねえ、もう千回くらい言ってるけど脱いだもの洗濯機に入れるくらいしてよ。できるでしょ、それくらい」

「ごめん、ごめん」

そんな小言を言われると普段は不機嫌になるくせに今日は殊勝に謝る。セックスをしたいときだけそうなのだ。それも腹が立つ。

洗濯物も取り込まれておらず、テレビは大音量でがなり立てており、太郎は大声で「ゲームする！　ゲームする！　するの！」と喚いている。

さっきまで二階堂や湊山と打ち合わせしていたときのポジティブな気分は一切なくなり、疲れをどっと感じた。心を無にして恭子は散乱している服や本、おもちゃを集めた。

7

生クリームをたっぷりと使ったエビのクリームパスタをズハズハとすすりながら孝志は迂闊だったと思わずにはいられなかった。

『今晩、久しぶりにしたいです』というLINEを送ったからには恭子に気持ちよく受け入れてもらおうと思い、恭子も自分も好物のメニューで夕飯を作ったつもりだったが、生クリームたっぷり系のパスタはどちらかというと孝志の好物で、恭子は「好きだけど、太るし、よほど気が向いたときだけ」と我慢しているメニューだったのだ。

恭子は孝志の作ったそのパスタをほとんど食べず、保育園の話などを聞きながら太郎にばかり食べさせている。

それに部屋や洗濯物の片付けもしておくべきだった。セックスを求めたときの恭子は断る口実のための鉄ビシをそこら中にばら撒いてくる。数か月ぶりにお願いしたので、あらゆることに手抜かりがあった。これはもう今晩はダメかもしれないなと孝志は半ば諦め気味になったが、一縷《いちる》の望みをかけて(そこまでへりくだりたくもないが)、夕飯の食器を率先して洗い、風呂も恭子には一人でゆっくり入ってもらおうと思い、でも、そのことすらも押しつけがましくならないように、なるべく自然に「太郎、風呂入ろうぜ」と言って一緒に風呂に入った。普段、太郎を風呂に入れるのはどちらの役目と決まっているわけではないが、夕飯の準備をしていないほうが一緒に入るというルールがなんとなくはあった。だから今日、夕飯の準備をした孝志が太郎を風呂に入れるということは、「まだセックスは諦めてませんよ」ということのさりげないアピールではあるのだが、恭子は特になんの反応も示さなかった。

風呂からあがってさっさと太郎を寝かしつけてしまおうと、寝床で並んで寝転びながら『ぐりとぐら』なぞ読み聞かせていると、モーレツに眠くなってきて、「ああ、もう今日はいいやしなくても。朝、オナニーしたし」などとモーロウとする意識の中で思いつつ、モーロウついでに思わずぐりをオナニーと言ってしまって、そのあり得ない読み違え方に自分で笑ってしまい目が覚めると、太郎が不思議そうな顔で見つめていた。

「なんで笑ってるのパパ？」

「なんでもない。寝なさい」

「まだ眠くない」

「眠くなくても寝るの。電気消しちゃうよ」

「ヤダヤダ」

そのとき枕元に置いていたスマホがブンと鳴った。見ると大地君ママからLINEが入っている。

『どう？　今晩いけそう？』

大地君ママは余程暇なのだろうかと思いつつもその文面に、孝志はついニヤけてしまった。

『まだせめぎ合い。そっちは？』と返信すると、『うち、帰り遅いからまだ帰ってこないけど、既読にもなんねえ』と返信が来た。

『ウチは既読スルー』

『それも怖いね』

などとやり取りしていると、『そういえばミナちゃんとこ四人目できたらしいよ』とのLINEが入った。

『え、マジで？』

『マジで。さっき聞いた』

『へぇ。やるねえ』

返信しながら孝志は小リスのように小柄でくりくり目玉の少女のようなミナちゃんママを思い浮かべた。お父さんも小柄なのび太みたいな感じの人だ。眼鏡をかけた痩せっぽちだが、ちゃんとやることはやっているのだ。別にそういう人がしないわけではないだろうが、意外というのかなんというのか、どんなセックスをしているのか想像もつかない。

『ちゃんとやってんだねあの夫婦も。全然想像つかんわ』と大地君ママも同じことを考えている。その後の『太郎パパも今晩頑張れ~。祈ってま~す』という文面には妙にキュンとして、『あ、なんか今のキュンとした』と返信したら『もっとキュンとさせようか?』と返信があり『させて!』と返すと『ヤダ。させない!』ときたので『ヤダじゃないぞ!』などとアホらしくも楽しいと言わざるを得ないやり取りを続けて終了すると、太郎がいつの間にか口をあけて寝ていた。

今晩はもうしなくていいかもと思っていたが、今の大地君ママとのLINEのやり取りで孝志はまたすっかりやりたいモードに突入していた。

太郎に布団をかけてそっと寝室を出て、居間を覗くと恭子はカタカタとパソコンを打っている。当然シナリオを書いているのだろう。その表情は真剣そのものだ。とても声をかけられそうな状況ではないが、それでもしたくなってしまっている気持ちは抑えられそうにない。

孝志はそっと居間に入って行くと、とりあえず冷蔵庫をあけてミネラルウォーターを出して飲んだ。恭子はキッチンに背を向けてカーペットの上に座り込んでテーブルの上のパソコンと向かい合っている。孝志の存在にはまったく気づいていないようだ。もしくは気づいているのだが、無言の拒否なのかは判然としない。孝志はわざとらしい咳の一つもしてみたりしたが、恭子が振り向くことはない。このままでは埒《らち》が明かないので勇気を振り絞りつつ、なるべく自然に恭子に近づいて行くと、背後から声をかけてみた。

「あの……」

その声は自分でも驚くくらい小さな声だったが、目の前の恭子に聞こえないわけはない。だがカタカタとパソコンを打ちながら、時おり首を傾《かし》げたりして何かを考えているふうな恭子はどうやら本当に孝志の存在には気づいていないようだ。

「あの……」

次はもう少し大きな声で言ってみたが、やはり恭子は気づかない。

「わ、びっくりしたぁ！」

さらに大きな声で呼びかけてようやく恭子は振り向いた。

「ごめんごめん。あ、何書いてるの？」

孝志は分かりきっていることを聞いた。

「脚本」

「あ、だよね。直し？」

「うん。今日、ちょっと打ち合わせしたから」

「大変だね」

「まあね」

恭子はまた無言でパソコンを打ち始め、会話はそれでなくなった。送ったＬＩＮＥをどう思っているのか、それともＬＩＮＥのことすらすでに頭にないのか孝志には判断がつかなかった。そのままボケッと突っ立っていると、恭子が怪訝そうな顔をして振り向いた。

「なに？」

「え、あ、いや……あ、そうだ。ミナちゃんとこ、四人目できたんだって」

そんな情報を伝えようと思っていたのかいなかったのか自分でもよく分からないが、孝志はそう言っていた。

「え、マジで⁉」

恭子も驚いたのかその話題に食いついてきた。

「うん。大地君ママが言ってた。仲いいねって」

「何が？」

瞬時にして恭子の表情が曇った。

「え、いや別に。なんか……ねえ。コロナベイビーとかいうみたいよ」

まずいと思いつつも、下心を誤魔化すために孝志は笑顔を浮かべてそう言った。

「何がねえよ。気持ち悪い。あたし、その言い方大嫌い」

恭子はまたパソコンに顔を向けた。

「え、何が？」

「コロナベイビーとかってなんなの。ほんと気持ち悪い」

「いや……別に俺が言ってるわけじゃないよ」

「言ってんじゃん。ねえ邪魔しないでよ、書いてんだから」

そう言われて完全に負け戦を覚悟したが、孝志は開き直って「あ、そうだそうだ！」

と大きな声を出した。

「何よ、大声出さないでよ」

「いやあの……」

開き直っていてもそれに続く言葉を出すのには少し勇気がいる。

「ラ、ＬＩＮＥって……読んだ？」

思わず孝志はどもってしまった。

「LINEって？」

「いやほら……あの……送ったやつ。夕方くらいに」

「ああ……」

恭子は心の底から思い出したくないことを思い出してしまったかのような声でため息とともにつぶやくと、またパソコンに顔を向けた。

「ああって……ど、どう？」

またもどもりながら孝志は聞いたが、恭子からは何も反応がない。パソコンを打つでもなく黙っている。孝志にとっても重苦しい沈黙で、裁判の判決でも待っているかのような心境だ。

「……ごめん、したくない」

恭子は孝志に背中を向けたまま言った。

今日のその一言は妙に効いた。だいぶ久しぶりのお願いだったし、大地君ママとのじゃれあい半分とはいえ、もう半分は実はかなりの勇気を出して送ったLINEだったのだ。それを受け入れてもらえないのは正直傷ついた。もちろん恭子からすればそんな事情は知ったことではないだろうが、これだけ下手《したて》に出てお願いしているのだから受け入れてくれよと思ってしまう。なぜなのだと徐々に怒りの感情すらも湧いてくる。ここは簡単には引き下がれない。

「ハハ。どうして……？」

湧き上がってくる怒りの感情を押し殺して孝志はなるべく冷静に言った。

「したくないから」

その結論を出した途端に恭子はそっけない。そのそっけなさにさらに怒りが湧いてくる。

「えーと。え、でも……なんで？　なんでそんな無理なの？　なんか理由とか……あるのかな」

「だって疲れてるし忙しいから」

「うん、まあだからそれは分かるけど……だったら恭子が疲れてないときとか忙しくないときっていつなの？」

「お前が忙しくなったのなんかここ半年じゃねえか」という言葉は飲み込んだ。

恭子から答えはない。

「なんか……したくない理由をもう少し具体的に言ってもらえたらさ、俺も改善の余地があるっていうか……ね」

ここ半年、孝志は家事育児に精を出しているという自負がある。シナリオの仕事が忙しいことは身をもって知っているから、家事育児を引き受けるということでサポートしているという自己評価をくだしているのだ。

自分だってグルメドラマのシナリオを早く書かなければならないのに恭子のサポートをしているのだと、グルメドラマのシナリオはなまけて書いていないだけなのに、恩着せがましく孝志は言った。

「それは感謝してるけど、あたしだってこれ書きながらあなたと同等か、それ以上に家事も育児もパートもしてるよね」

「俺……以上に……？」

その言葉は心外だった。どう考えても今は俺のほうがしているはずだ。

「うん。保育園の面倒な書類関係とか面談とかそういうのは全部あたしでしょ。送り迎えとか夕飯の準備とかはっきり言って頭使わなくてもできるしある意味楽だよね。それにそういうのをやり始めたのも、あたしがコンクールで賞をもらってからだからここ半年くらいじゃん」

そう言われて孝志は言葉に窮してしまったが、反論しないわけにはいかない。

「いやでも……夕飯考えたりするのもけっこう面倒くさいけど」

「だからそういうのもずっとあたし、やってきたから。じゃあ聞くけど、逆にあなたは今まであたしに感謝したことあるの？　ずっとやってきたあたしの存在が当たり前だと思ってない？」

反論の余地はない。

「だいたいミナちゃんとこに四人目ができたとか、そういうのをセックスのダシに使わないでよ。気持ち悪いよ」

勢いがついたかのように恭子は弾を撃ってくる。

「べ……別にダシに使ったわけじゃないよ。俺だって……もう一人くらいさぁ……」

責め込まれて孝志は心にもないことを言いかけてしまったが、恭子は見逃してくれなかった。

「何、もう一人って」

怒気を含んだ声で恭子は言った。

「いや……」

「それ、本気で言ってんの？」

迂闊だった。また孝志は口をつぐむしかなかった。

「どこにそんな余裕があるのよ、うちに」

「え、そ、そうかな？　なんで？」

余裕がないと言われると、確かに今はそうだが、これまで家計を支えてきただけに、その言葉はプライドが許さなかった。

「なんで？　言わせないでよ、あたしに」

孝志の仕事が少なくなっていることを、当然だが恭子も感じているのだろう。子供と仕事、話がどっちに転んでも勝ち目はないので、プライドが邪魔はするが、やはりここは下手に出るしかない。

「いやだからまあ子供はそのうちっていうかさ、いや俺だってそんなことダシに使いたくないよ。だったらたまにはさせてよぉ。さっきも言ったけど、俺、家事育児は恭子と比べたらあれかもしれないけど、他のお父さんよりはやってると思うよ」

「他のお父さんじゃなくてあたしと比べてよね」

「うん、だからあたしと比べたらまだまだなのは分かるけどね。まあでも浮気もしないし風俗も行かないしさあ、自分の奥さんとしたいって言ってるだけじゃん」

つらつらと自分の口から出て来る言葉が孝志は我ながら情けなかった。

恭子はしばし黙っていたが、「はぁ」とため息をつくと、「じゃ、向こうで勃たせてきて」と言った。そして「妻だとセックスを断ることもできないのか……」と独り言のように言った。

「え?」

一瞬、孝志は恭子の言った意味が分からず、言葉で書くと目が点の状態になってしまった。

「何よ、勃たせるくらいしてきてよね。こっちは忙しいのに相手すんだから」

そう言うと、恭子はカタカタとパソコンのキーを叩き始めた。

どうやら本気で言っているようだ。

「……分かった」

孝志はそう答えるとそそくさと部屋から出た。

とりあえず仕事部屋としている部屋に入り考えた。勃たせてきてとは当然オチンチンのことだろう。それ以外に勃たせるものなどない。だが、まさか恭子からそんな言葉が出るとは思わなかった。

孝志はしばし呆けていたが、妙に自虐的な気分になっていることにも気づいた。勃起させて行ったら恭子はどんな反応をするだろうか。しかもむき出しで。「バカ……」とか言いながら頬を赤らめて微笑を浮かべるかもしれない。それを想像するとほんの少しだけ楽しかった。

孝志はパンツをおろすと、エロ動画を見るためにパソコンを立ち上げた。

8

パソコンの画面を見つめながら、恭子はつい今しがた自分の言った言葉を思い出して思わず笑ってしまった。まさか自分の口からあんな言葉が出て来るとは思いもしなかった。それは孝志も同じだろう。ハトが豆鉄砲を食ったかのような顔をしていた。

特になにも考えずにスルッと出て来てしまった言葉だったが、我ながら良いセリフだったような気もする。以前の自分からすると、こんな言葉を言うなんて信じられない。それどころか孝志に対して「あたしに感謝したことがあるのか」とか「あたしの存在を当たり前だと思っていないか」などと面と向かって言ったこともなかったし、そんなことすら思ってもなかったような気もする。やはりシナリオコンクールでの受賞が何かしらの自信になっているのかもしれない。

忘れないうちに自分の言った言葉をメモしておこうとパソコン画面に「向こうでたたせてきて」と打ち込んだ。いつかなにかのセリフに使えるかもしれない。この場合の『たたせる』はやはり勃起の勃の字だろうなと『向こうで勃たせてきて』と打ち込むと、スマホから「ライン！」という音が聞こえた。

手に取って画面を見た瞬間、恭子の胸がドキンと高鳴った。LINEは二階堂からだった。

『夜分にすみません。今日、湊山さんに言われたことをじっくり考えてみたのですが、やはり僕は現稿のシナリオのままでいいと思います。湊山さんには僕から説明しますので無理に直さなくてもけっこうですよ。直していただくのはこれまで打ち合わせてきた箇所だけで大丈夫です。それでもなかなかな量の直しですし。村沢さんは真面目だから、もしかしたら湊山さんに言われたことを気にされて、頑張って直そうとしていないか心配してLINE入れました。どうか根詰めないでください！　返信は不要ですので！では』

その文面に恭子の表情はゆるんでしまう。脚本のことをずっと考えてくれていたことが嬉しい。それはまるで、恭子自身のことを考えてくれていたかのような心境になってしまうからだ。そして最後の『返信は不要ですので』という一文。二階堂はLINEやメールを送ってくるとき、しばしばこの一文を入れる。恭子は二階堂とのLINEのやり取りで初めてこの言葉を見たとき、思わずキュンとしてしまった。大切にされている感じがするのだ。もちろんこの言葉だけでなく、今しがたのLINEでも、その文面すべてから大切にされているという感じが伝わってくる。いやLINEやメールだけでなく、会話をしていてもそう感じるから、二階堂に好感を抱かずにいられないのだ。

『ありがとうございます！　今、ちょうど書いていたんですが、湊山さんに指摘されてなるほどなと思う部分もあったので、少しだけ直してみます。それを二階堂監督が読んで判断していただけますか？』

そこまで打ったところで「あの……」というナヨッとした気色の悪い声が聞こえた。

顔を上げると、孝志がばつの悪そうな薄ら笑いを浮かべて突っ立っている。

「やっぱ……ちょっと無理かも」

「何が？」

「え、いやあの……自分でっていうのが。やっぱ勃たないっていうか……」

恭子は二階堂からのＬＩＮＥで孝志のことなどすっかり頭から吹き飛んでいた。

「じゃあ仕事させてよ」

「え……。え、いやでも……」

孝志はもぞもぞとしている。どうせ抜きたくなってしまった気持ちを収められないのだろうが、こっちは一刻も早くシナリオに戻りたい。

「あの……ちょっとご協力いただけたら……」

孝志はまた気色の悪い薄ら笑いを浮かべながら言った。

「なに協力って。それあたしが面倒くさいことするだけでしょ」

「いや面倒っていうか……面倒なの？」

「当たり前じゃん。すっごい面倒。フェラチオって当たり前じゃないからね」

早く二階堂に返信したい恭子は、孝志の気色の悪い薄ら笑いと話し方にイライラして吐き捨てるような口調になってしまった。そしてイライラついでに、「ねえ、ほんと消えてよ。邪魔なんだけど」と言うと、二階堂への返信の続きを孝志の目の前で打ってから、再びパソコンに向かった。

孝志はしばし無言で突っ立っていたが、部屋を出て行った。

恭子はしばらくパソコンに向かったが、集中力が完全に途切れてしまった。孝志は以前から一度やりたいと言い出すと、させるまで絶対諦めないから、さっさと終わらせて脚本に戻りたかったのに。しかし勇気を出して断って、それを孝志が受け入れたのに、なぜかイライラが止まらない。仕事の邪魔をされたという気持ちもあるが、それ以上に一刻も早く二階堂に返信したいということでイライラしてしまった自分がいる。そんな自分が嫌だし、そんな気持ちにさせた孝志に対してもイライラしてしまう。そのイライラを忘れるために、恭子はまたパソコンのキーを叩き始めた。そしてこれまで以上に、孝志のことが嫌いになってしまったなと感じた。

翌日、恭子は久しぶりに保育園に太郎のお迎えに行った。最近はお迎えの時間に家にいたとしても、脚本に集中したくて孝志に迎えを頼んでいたのだが、今日は自分が迎えに行って太郎の喜ぶ顔を見たい気分だった。太郎の笑顔を見れば、昨晩のモヤモヤした気持ちも少しは吹き飛ぶと思ったのだ。

「今日はママが来たの⁉」

ママっ子の太郎は案の定、迎えに来た恭子のもとへ嬉しそうに走ってきた。

太郎のその笑顔を見ると、迎えに来て良かったと心底思う。そして夕飯に何か美味しいものを作りたくなる。そういう気持ちにさせてくれる子供というのは、やはり生きていく上での活力になるのだと恭子は改めて思った。

「お、今日は久しぶりにママなんだ」

その声に振り向くと、マイちゃんがいた。マイちゃんとは大地君ママのことだ。マイちゃんは恭子のことを恭ちゃんと呼ぶので、恭子もなんとなく大地君ママの名前が舞子《まいこ》だからマイちゃんと呼んでいる。

「ああ、久しぶり」

面倒なのに会ったなと恭子は瞬時に思ってしまった。話好きのマイちゃんはきっとこのまま象さん公園に誘ってくるだろう。自分は行きたくないが、太郎は絶対に行きたがる。

「大地! ママ来たよ! 象さん公園行こう! ねえ、象さん公園行こう!」

恭子はマイちゃんが誘って来る前に太郎がそう言ってしまった。

マイちゃんはママ友との付き合いはあまりなかった。もちろん誘われればたまに付き合って飲みに行くこともあるが、基本的にはそんな時間があれば映画を観たり本を読んだりしたかった。

ママ友たちが話す家庭内の愚痴や保育園の先生たちの悪口や各家庭の噂話にもほとんど興味はなかった。孝志は逆に興味津々で、しかもその興味の半分は、自分が他のママたちからどう見られているかだったりもするから、そういうところも嫌だった。「太郎君パパ、ドラマや映画を作っててすごいね」と言われたいのが見え見えなのだ。

ママ友の中でもマイちゃんはざっくばらんな性格で裏表もないから一緒にいて疲れることはないのだが、こうしてお迎えのときに会ってしまうと百パーセントの確率で保育園の近くの象さん公園に誘われるから、それだけがちょっと面倒くさかった。

「よっしゃー。行こうぜ太郎。昨日もパパと行ったもんな」

マイちゃんはもう勝手に決めている。すでにはしゃいでいる太郎と大地君を前にして断るわけにはいかなかった。

「昨日さぁ、パパから変なＬＩＮＥ来なかった？」

マイちゃんは象さん公園のベンチに腰をかけるなり言った。

「え、何それ？」

すぐにはマイちゃんの言っていることが分からなかった恭子は聞き返した。

「エッチしたいって来たでしょ」

マイちゃんはニタッと笑いながら言った。

恭子は思わず頰を赤らめた。カマトトぶるつもりは毛頭ないが、そんなことをいきなり言われるとやっぱりちょっと恥ずかしい。

「え、なんで知ってんの？　あり得ないんだけど」

「だって昨日、ここでＬＩＮＥの送りっこしたもん。あたしは旦那に送って、太郎パパが恭ちゃんに送って。すげぇバカでしょ」

「は？　何それ⁉　ホントすげぇバカ！　何してんのあんたたち？」

恭子には自分がいいなと思っている人の話し方や行動が伝染《うつ》ってしまうところがあった。マイちゃんに関しては明け透けな話っぷりが好きだったから、一緒にいるとなんとなくその話し方が伝染ってしまうのだ。以前は孝志の話し方を真似していたこともあったし、今は二階堂の前に出ると彼の穏やかな話し方に影響されてしまう。

「ウケるよね。で、したの？」

「しないよ」

「え、なんで？　なんでしないの？　あたし、思いっきりパパにLINEの文章とかアドバイスしちゃったんだけど。なんか間違ってた？」

「間違ってたっていうか、普通にキモいよね、LINEであいうの」

「マジか〜〜。悪いことしちゃったじゃん、あたし」

「別に悪くないよ。送ってくるあいつがバカっていうか、どうせマイちゃんとそういうエロトークしながら鼻の下伸ばしてんでしょ」

「そんなことないよ。マジでしたがってるよパパ。ちょろっとさせてやったら？　かわいそうじゃん。なんでそんなしたくないの？」

「別にしたくないわけじゃないんだけど……なんかあいつとはしたくないっていうか」

最近卑屈だしみみっちいし、男としての魅力がまったくないという言葉は飲み込んだ。

「出たよ、旦那以外。でもさぁ、求められてるうちが華だよマジで。あたし見てみ。めっちゃ惨めだから」

旦那がしてくれないマイちゃんからしたら孝志は求めるだけ偉いと飲み会なんかでもそんな話になるといつも言う。だが昨晩求めてきたきっかけがこれだったのかと思うと、させなかったくせに恭子はなんだかちょっとムッとしてしまうのだった。

「誰かいんの？　実は他に？」

マイちゃんはダイレクトに聞いてくる。

「いるわけないじゃん。出会いなんかないし」

と言いながらも恭子の頭には咄嗟に二階堂の顔が浮かんできてしまう。

かつて出会った頃、孝志のことが素敵に見えたように、やはり充実した人生を送っているように見える二階堂は輝いている。そして社会的地位を築いている男性に、性的な部分も含めてより魅力を感じてしまう自分がいるのも確かだ。

「いたとしても、今さらこの身体さらせないでしょ」

事実、それは新たな恋へのストッパーの一つだ。

「だよね。だからあたしも旦那とするしかないんだけどさ」

「マイちゃんなんかまだぜんぜんイケるじゃん」

マイちゃんは三十代半ばだが、服の上から見たところではまったく身体は崩れていない。

「やばいって酒で。ぶよぶよだから腹。触ってみ」

マイちゃんは恭子の手を取って自分の腹を触らせた。その腹回りは恐ろしく細かった。

「え、ぜんぜんじゃん！」

恭子は心底からそう言った。

「いや六年前はこんなもんじゃなかったからね。大地生んでから完全アウトだから」

「あたしがそのウエストだったら全然脱いじゃうね、旦那以外の前でも」

そのウエストならむしろ率先して見せたいくらいだ。

「まあでもあたしはやっぱ、なんだかんだ旦那がいいんだよね」

「マジで⁉ え、好きなんだ？　まだ」

「うん。好きだね。悔しいけど」

正直、マイちゃんのウエストの細さ以上に驚いた。

「そう……。それは羨ましいな」

恭子は本当に心から羨ましいと思った。

「しかもあいつ、セックス、チョーうまいんだよね」

「うまいんだ！」

恭子は思わず大きな声を出してしまった。

「うん。うまいんだよ。メチャメチャ」

マイちゃんは少し遠い目をして言った。

「へぇ……」

「まあ、セックスだけじゃないけど……好きなだけに辛いよ」

「そっか……。それはそうだよね。好きなら」

確かに好きな人がセックスしてくれないというのは辛いだろう。だが好きな人が旦那となれば人生はどんなに楽しいだろうか。それにうまいセックスというものがどんなものなのか、もはや想像すらつかない。好きな人となら抱き合っているだけで幸せだが、マイちゃんの言う「うまい」というのはそれにプラスアルファの何かがありそうだ。当たり前だが孝志を大好きだった頃はセックスもまったく苦痛ではなかった。が、うまいという感覚は抱いたことはない。抱き合っているだけで幸せだった。

「でもすごいね。そんな惚れられるなんて」

「ね。キモいよね。執着かも」

「執着？」

「うん。分かんないけど」

恭子はなんとなく執着という言葉が腑に落ちた。マイちゃん夫婦のことはよく分からないが、孝志が自分を求めてくるのは執着なのではないか。私が忙しくなり、自分の手のひらの上からいなくなってしまいそうだから、私を求めているのではないか。少なくとも愛じゃないことは確かだろう。

「あの人こそ執着かも。愛じゃないことは確かだから」

恭子はつぶやくように言った。

「でも執着でもいいんじゃないの。ないよりは、って思うことにしてるよ、あたし。執着=愛っていうか、あいつが人のものになるとか許せないし」

恭子には孝志の執着とマイちゃんの執着はずいぶんと違って思えた。マイちゃんの旦那に対する執着は可愛げという名の愛を感じるが、孝志の執着には独占欲というみっともなさしか感じない。

「恭ちゃんはもう完全に好きじゃないの？　パパのこと」

「うーん……好きじゃないことはないんだろうけど」

それ以上はあまり考えたくなかったし、その答えを今は知りたくなかった。

「でも、別れようとか思ってないでしょ」

「そりゃ思ってないけどさ」

恭子は答えながらまた二階堂のことを思った。彼に対しての気持ちが恋なのかどうかは分からない。だが、仮に恋だったとしても今さらその新しい恋に突っ走るようなエネルギーは自分にはないような気がする。だったら孝志とやっていくしかないのだから、うまく付き合っていくほうがいい。ギスギスしていれば太郎にだって良い影響はない。ただ、恋かどうかはさておき自分の中に二階堂という存在が大きくなって来ていることは確かだから、そのために孝志の言動に以前はさほど感じなかったイライラを感じてしまうのだ。孝志と二階堂を比べてしまう自分にもイライラする。これでは自分にも孝志にも良くないとは思いつつも、今はどうすればいいのか分からなかった。

第二章

1

「わかんない！　わかんない！　わかんない！」

太郎がまた癇癪を起こす。

「なんで分かんないの。ほらパパの指見て！　見なさい！　右手が指三本、左手が二本でしょ！　あわせていくつ？　数えて」

孝志は怒りをグッと堪《こら》えて太郎に言った。

「指しか見えない！」

「だからパパが立ててる指を数えろって言ってんの！」

孝志がとうとう大きな声で乱暴な言い方をすると、太郎はついに泣き出してしまった。

「なんで数えられないの！　こうして一つずつ数えるだけでいいんだよ。ほら、一、二、

三、四、五って。五本でしょ」
孝志は太郎の手を持って自分が立てている指を数えさせようとしたが、太郎はその手を振りほどいた。

「ママがいい！　ママがいい！　パパ嫌い！　大嫌い！」

「うるさい！」

カッとした孝志は思わず太郎の頭を叩《はた》いてしまった。太郎は一瞬キョトンとした顔で孝志を見つめたが、次の瞬間さらに激しく泣き出した。

「泣くな！　泣いても終わらないよ！」

言いながら、孝志は自分も泣きたくなってくる。もう毎日がこれの繰り返しだ。

父母どちらかしか出席できないとなった保育園の卒園式は、太郎がどうしてもママに来てほしいというので孝志は参加を断念した。その数日後に行われた小学校の入学式は父母そろっての参加も認められたが、新入生とその親、一部の先生たちだけが出席する簡素な形で行われた。

ブレザーを着てニタニタと照れ臭そうに入場してきた太郎の姿を見ると、孝志は思わず涙が滲んだ。マイペースで、こだわりが強くて融通のきかないところもあるが、そんなところも長所に思えるくらい孝志はこの一人息子がかわいくてたまらない。

小学校に行って、友達をたくさん作ってサッカーか野球チームにも入れて、あとは楽器を一つくらいと英会話も習わせて、そこから好きなものを選んで楽しい人生を歩んでくれたらという孝志なりに想像していた夢もあったが、そんな習い事どころか太郎はまだ学校にすら一度も行けていない。新型コロナの影響で五月六日までは休校となっているからだ。

入学式後に一度だけ恭子が学校に行き、教科書やドリルとともに学校側の作った一日の家庭学習の計画書をもらってきたので、それにそって国語や算数のドリルを進めているが、太郎は十分と座っていられない。ゲームならば何時間でも座っていられるが勉強となると拒否反応がすさまじい。

太郎の泣き声を聞いて、二階でZoomを使って打ち合わせをしていた恭子が部屋に入って来た。

「無理やりやらせたってしょうがないって。分からなかったら、すぐに答えを教えてあげてよ」

恭子が読めと薦めてくれた本にもそんなことが書いてあった。無理やり教えようとせずに、分からなかったらすぐに答えを教える。まずは勉強を嫌いにさせないことが重要だと。

どうやら太郎には発達障害があるらしい。その言葉自体は知っているが、孝志はほとんど知的障害と同義語くらいに思っていたので、まさか自分の子がそうだとは思わなかったし、ちょっと飲み込みが悪いだけではないのかと今も思っているところがある。

孝志自身も学校の成績は良くなかった。両親がマッチ棒をならべて計算を教えてくれていた姿をおぼろげながら覚えている。特に孝志の母親は、今の孝志と同じようにカッカしながら教えてくれていた。

「あたしなんか何度も引っ叩《ぱた》いちゃったわよ、あんたのこと」と先日電話で太郎のことをちょっと相談したときに母親は言っていた。

「だから太郎はその発達なんとかじゃないわよ。あんただってぜんぜんできなかったのに立派に映画の仕事してんだから。誰が言ったのよ、そんなこと。恭子さん？」

母親は孝志以上に発達障害がどういうものかを知らない。孝志が子供の頃はそんな言葉はなかったし、何十年も前に子育てを終えた世代にはあまり耳慣れない言葉なのだろう。母親がそう言っていたことを恭子にそれとなく伝えると、「お義母さんたちの世代はほとんどそんなこと知らないよ。言うだけ無駄だし変な心配してあたしにガンガン電話かけてくるから、もう言わないでよ」と言われた。

恭子は最近、孝志だけでなく孝志の母親へのあたりも少々きつくなっている。

「はい、じゃママとやろう。どれが分からないの？　三たす二？　はい、こっち三。こっち二。数えようね。一、二、三、四、五。ほらできた。五だ！」

恭子は自分で立てた指を自分で数えると、太郎の背後から太郎の手を持って「5」という数字をドリルに書き込む。それでいいのだと恭子は言うが、少しでも自分で考える癖をつけたほうがいいのではないかと孝志はどうしても思ってしまう。だからついつい言ってしまう。

「少しは自分で考えたり解こうとする癖をつけたほうがいいんじゃないの？　太郎、誰かが教えてくれるのを待ってるだけになっちゃうかもしれないよ」

孝志なりに本気で太郎のことが心配だから言ってしまうのだ。

算数だけでなく漢字を書くことも太郎は極度に嫌がる。いや漢字はおろか平仮名すら嫌がる。ドリルで間違えた平仮名や漢字を十回ずつ書こうね、と言うとやはり激しい癇癪を起こすのだ。それでも孝志は無理にでも書かせようとした。十回書いた程度では覚えられないことは分かり切っているが、孝志からすれば覚えるのが目的ではなく、そこから逃げるなということを伝えたいのだ。だが恭子はそんな言い分も否定する。孝志のやり方だとただただ太郎は自信を無くし、やっぱり勉強がどんどん嫌いになっていくだけなのと、十回漢字を書いても苦痛が増幅するだけで、漢字を覚える脳の部分にはつながらないのだと言う。

「癖とか言いながらただただ怒鳴ってるだけでしょ、あなた。いいから自分の仕事してきてよ。あたし、Ｚｏｏｍ中断してもらってきたんだから。あたしが太郎みるよ」

「でも、こいつゲームしたいから、それで癇癪起こしてるんじゃないの？　癇癪起こせばなんとかなると思って」

孝志にはどうにも太郎のわがままにしか見えないのだ。それにそもそも勉強など好きな子のほうが少ないと孝志は思っているので、これは半ば無理やりにでもさせて、嫌なことでもしなければならないものがあるのだということを覚えさせなければいけないのではないかという思いもあった。

「そうかもしれないけど、ゲーム漬けにしたのあなたでしょ。ゲームさせとけば静かだからって、すぐ太郎にゲームさせて自分は携帯いじってんじゃん。どうせエゴサーチばっかしてんでしょ」

そう言われると、その通りなので返す言葉はない。太郎がゲームをする以上に自分はスマホをいじっている。しかも恭子の言う通り、していることといえば主にエゴサーチだ。現在台本を書いているグルメドラマの情報が先日解禁されたのだ。

『集団グルメドラマ、【みんなで食べれば怖くない】まもなくクランクイン！　主演は若手イケメン歌舞伎俳優五代目中村幸三郎！　監督脚本は大山孝志ら気鋭の若手監督たち』などといくつかのネットニュースで取り上げられた。

反応したのは中村幸三郎のファンの女性たちだけだったが、エゴサーチしているとたまに孝志の名前も出てきた。『大山孝志、最近撮ってなくね？』とか『大山孝志も深夜ドラマとかに収まっちゃいそうだね』とか『こいつセンスねえよな』などという否定的なものがほとんどだったが、たまに『大山孝志の昔の自主映画、好きだったんだよな』というようなものもあった。いずれにせよ、こうして自分の名前がネット上にあがってくるのは久しぶりのことだったので、最近はついついエゴサーチの時間が長くなっていたのだ。

「別にエゴサーチばっかしてるわけじゃないよ。仕事のやり取りだってしてんだから。俺だって台本せかされてんだし」

一応、孝志は言い返した。

「だから今、自分の仕事して来てって言ってんじゃん。どうせここにいたって太郎の面倒はみれないし、ひたすらキーキー怒鳴るだけで、役に立たないんだから」

役に立っていない自覚があるからこそ、すぐにこの場を離れたくはなかったが、自分にできることはなかった。

太郎の発達障害の程度というのも詳しくは分からない。検査をしてもらおうと保育園から勧められた病院に連絡をしたのだが、コロナの状況もあり外来を極力控えており、早くても三か月後と言われてしまっているのだ。

恭子が探し出してきた、発達障害を持つ親などの相談に乗ってくれる人とオンラインでも話してみた。そこで診断テストのようなこともしたが、グレーゾーンであることは確かだからと、そこでもいくつかの病院を教えてもらって検査を勧められただけだった。

幸か不幸か太郎が生まれてからというもの、孝志は仕事が減ってきていたので、それなりに向き合う時間もあった。保育園の送り迎えはもちろんのこと、時には保育園を休ませて動物園に連れて行ったり、公園に行ったりして遊んでもいた。

「俺ってけっこうなイクメンじゃん」などと自分で思っていたが、恭子が言うように楽な部分だけしか見ていなかったのだろうと今になって自覚はある。だからなんとか恭子と太郎の間に食い込もうとするのだが、今現在はそうしようとすればするほど、うまく接することができないというもどかしさがあった。

恭子に答えを聞きながら太郎はどんどんドリルを進めていく。というか恭子が進めているに等しい。でも孝志がみていたときのようにひたすら泣き叫んで怒って嫌がっている様子はない。むしろ、どんどんドリルを進められていることを楽しんでいるように見える。開き直って自分もそうすればいいだけなのかもしれないが、なかなかそうできない。

そんな恭子と太郎の姿を見たくないからなのか、ここに居場所はないと感じたからなのかは自分でもよく分からないが、孝志は黙って部屋を出た。

2

「パパ、どこ行ったの？」

孝志が出て行ってすぐに太郎は言った。

「お仕事じゃない？　パパはいいからこのドリルをやっちゃお。はい、次は国語」

平仮名の書き取りドリルを恭子は太郎の前に差し出した。

「ねえ、これ終わったらゲームしていい？」

「いいよ」

「たくさんしていい？」

「三十分ね。決めたでしょ」

「三十分ってたくさん？」

「昨日と同じよ」

「えー、ヤダヤダ！　短い、短いよ。ヤダよ、ヤダ」

始まってしまった。太郎は毎日の勉強のあとにゲームをどのくらいできるかを異常に気にする。

孝志と話し合ってゲームの時間を一時間から三十分までと短くしたのは最近だ。

学校にも行けず、家ですることがない太郎はゲームに対してこれまで以上に強い執着を見せるようになり、このままではもしかしたら依存症になってしまうのではと不安に思っていたときに、たまたま子供たちのゲーム依存症の記事をネットで読んで、慌てて時間をへらしたのだ。

思ったようにゲームができないと分かれば、太郎はもう他のことは手につかなくなってしまう。ここからまた勉強に目を向かわせるのに一苦労するのかと思うと恭子は一気に気が重くなった。

ついさっき孝志のことを責めたばかりだが、自分とて太郎とうまく付き合っていけていないことは分かっている。

「ヤダよ、昨日と同じは短いよ。保育園のときはもっとしてたもん！　大地はもっとしてるよ！　大地のとこに生まれればよかったよ！」

眉を八の字にしかめて今にも泣きそうな顔をして太郎は言う。

「じゃどうするの？　大地のとこ行く？　行っていいよ。大地ママに電話するから迎えに来てもらおうか。それで太郎は大地のおうちの子になりなよ」

恭子も思わずムキになって太郎に言ってしまう。

マイちゃんはほぼ大地を放置して、好きなだけゲームをさせていると言っていた。

「だってそうしないとこっちがもたないじゃん。無理だよ、無理。学校と同じ時間で過ごさせろとかあり得ないでしょ」

平然とそう言い切れるマイちゃんを恭子は羨ましいと思った。恭子だって、学校と同じ時間割で過ごさせることなど無理だと思いながらも、やっぱりゲーム漬けにするのには抵抗がある。特に太郎のようなグレーゾーンの子は、そうしてしまえば最後、もう依存症まっしぐらになってしまうのではないかという不安もあった。ゲームの終了時間を告げると、その途端にヒステリックな叫び声をあげて暴れることもあるのだ。

孝志もそれは同意見で「そりゃ大地君ママみたいに開き直れればある意味楽だけど、できないよね、それは」と言っていた。ただ、孝志の場合は言うだけで自分と同じような危機感を持っているとは思えない。二人でゲームを楽しんでいるときもあるし、結局は私任せなのだ。

ゲーム漬けにしたくないならば、自分から率先して太郎を公園に連れ出すなり、一緒に本を読むなりするしかないのだが（ボードゲームやオセロはルールが覚えられなかったり、負けることを極端に嫌がったりするのだ）、脚本を抱えている身ではそんな時間もないし、マイちゃんではないけれど、それこそ向き合い過ぎてもこちらの身がもたない。

柚希ちゃんママからLINEをもらったときに一緒に療育に行っておくべきだった。脚本が落ち着いたら行こうとは思っていたのだ。悔いてもどうしようもないが、まさか世の中がこんなことになってしまうとは、あのときは想像もつかなかった。

それに加えて今、その脚本の改訂作業も順調とは言えなかった。湊山に指摘された部分を恭子が直したことで、シナリオの根本的な問題が浮き彫りになってしまったのだ。

「往々にしてこういうことってあるんですよね。どこかをいじるとそれまで良かったものが急に違って見えるっていうか……」

二階堂はそう言ったが、恭子はやぶ蛇になるようなことをしてしまったかと後悔していた。二階堂は直さなくてもいいと言っていたのに、自分が直してしまったから、そこから登場人物の気持ちの辻褄が合わなくなってきたりもして、何度か直しているうちに結局テーマは何なのか？　言いたいことは何なのか？ということが分からなくなって来たのだ。

もしかしたらそれは最初から分かっていないままに書いていたのかもしれないとすら思った。

「でも、改訂作業にはこうした行き詰まりが必ず二、三度はあるものですから。乗り越えましょう！」

二階堂はそう言ってくれたが、もしかしたら他の脚本家を呼んでこられてしまうかもしれないと恭子は不安を感じていた。

恭子より二つ前のコンクールの受賞作が放映されたとき、脚本のクレジットに受賞者の他にもう一人別の人間の名前があった。あとで分かったが、このときは受賞者が度重なる改訂作業に心が折れてしまい、プロの脚本家が呼ばれていたのだ。今の調子では自分もそうなってしまうのではないかと恭子は思い始めていた。しかもこの踏ん張りどころでの打ち合わせがリモートというのも辛かった。

　脚本の打ち合わせというのは参加している人間全員が黙って何かを考えていたり、もしくは考えるふりをして誰かのアイデアを待っていたり、つまりは無言の時間が長く続くこともある。そしてその無言の時間が意外と重要だったりする。だがパソコンの画面上でみんな（と言っても二階堂と糸原と恭子の三人だが）が黙っているというのはどうにも気まずい時間で、それが嫌だから適当なところでなし崩し的に終了してしまうことが続いたのだ。今も孝志にはＺｏｏｍの会議を切り上げてきたと言ったが、実はみんなが無言状態になってしまい、うやむやのうちに終了しただけだった。

　恭子はなんとしても単独表記のクレジットでいきたかった。共同脚本なんて絶対に嫌だ。自分のプライドや世間からの見え方もあるが、孝志にバカにされたくなかった。共同脚本となれば、私が最後までやり通せなかったとあの人は見てくるだろう。それだけはどうしても許せなかった。

　そのときスマホがブルブルと震えた。先ほどまでＺｏｏｍで会議をしていた二階堂か糸原かと咄嗟に思ったが、着信画面にはうんこマークが出ている。そのうんこマークは、義母である孝志の母親からの着信を意味している。

ここ数日、義母から何度か着信があったのを無視している。今日はすでに三度目だ。義母は話が長い上に、息子である孝志の自慢話までぶっ込んでくることがあるから電話に出るのがものすごく面倒くさいが、これ以上無視しているともっと面倒なことになるかもしれないので、恭子は渋々電話に出た。

「もしもし」

「あ、もしもし。あたしよ、そちらのバカ息子の母親」

つまらない。もう嫌になるくらいつまらない冗談だ。そう言いつつ、息子のことが大好きなくせに。

「すみません、何度か電話もらっちゃって。ちょっとバタバタしてて」

「大変よね、そっちは。大丈夫？　出ちゃダメよ外なんか。うちもパパとずっとこもりっきりよ」

「でもまだいないんですよね、鳥取は。コロナ」

義父母は、孝志の生まれ故郷である鳥取に住んでいる。

「何言ってんのよ、出たわよ、こないだ一人。もう大騒ぎよ、こんな田舎だと」

大騒ぎしているのは自分だろと恭子は心の中で突っ込んだ。

「それでね、孝志から聞いたんだけど太郎のこと」

「なんですか？」

瞬時にイラっとした。きっと孝志は太郎がグレーゾーンであることをこの母親に話したに違いない。

「発達なんとかってあたしはよく分からないけど、きっと大丈夫よ、太郎は」

なんの根拠もなく言う義母にどうしようもなくイラつく。

「だって病院とかまだ行ってないんでしょう。行く必要もないと思うけど、孝志だってずっとパーだったけど、ああなったじゃない。イライラせずに見守ってあげなさいよ」

孝志がどうなったというのか。義母の中では自主映画で賞をとり、そこそこの華々しさで一般映画デビューした十年以上前の息子の姿で止まっているのだろう。そりゃ今すぐに食うに困っているわけではないが、業界からほとんど忘れられた存在と言っていい息子の状況を教えてやりたくなる。

「孝志もね、ほんとできなかったのよ、小学生の頃は。もうこの子どうなっちゃうんだろって。こっちが言ってることは聞こえないし、あの子が何言ってるのかも分からないし、勝手に一人でフラフラ遊びに出ちゃドブに落ちて泣いてて、目ついてんのかなんて思ってね。もう三重苦よ。それに比べれば太郎なんてかわいいもんよ。あたしもね、そりゃ孝志のこと心配だったけど、もう見守ってるしかないって途中で気づいたのよね。それが一番難しいんだけどね、親としては。黙って見守るなんて口で言うほど簡単じゃないじゃない――」

恭子はすでにスマホから耳を離していた。息子自慢から結局は自分の子育て自慢に変わっていく話など聞きたくもない。

それでも以前はこの義母のことを好きだったときもあった。孝志が幼い頃に出来がかなり悪かったという話はもう何度も聞いているが、その頃の孝志のことをユーモアたっぷりに話す義母に最初は好感を持った。

「ああ、こんな人たちに孝志は愛されて育ったんだな」と改めて孝志のことを好きになるような気持ちで聞いていたくらいだ。

だが今は義母と話すたびに、孝志がこの母親から生まれ、育てられてきたのだと思うと、少しずつ孝志のことを嫌いになってしまうのだ。

「お義母さん、ごめんなさい。今ちょっと太郎に勉強させなきゃいけない時間なんです。またあとでかけ直していいですか」

恭子がこうして義母の電話を遮ったのは初めてのことだ。耳からスマホや受話器を離してしまうことはあっても、いつもは義母の気がすむまで話を聞いていた。

「あらそう。ごめんなさいね、邪魔して。そういうことだから、あんまり根詰めないでね。それじゃコロナに気をつけてね」

義母は若干不服そうな物言いをしたが、すぐに電話を切ってくれた。実際に遮ってみるとそれはずいぶん簡単なことだった。

「鳥取のおばあちゃん？」

「そうよ」

「えー、お話ししたかったのに」

太郎が口をとがらせて少し不満そうな声を出した。

そうか。太郎と義母もずいぶんと話していないはずだ。以前の自分なら、義母も孫と話したいだろうからと太郎と電話を代わっていただろう。その程度の気遣いもできなかった自分に少しだけ違和感を覚えた。だが、どうせあの人は孫よりも自分の息子なのだ。それにそういうところは孝志が気づけばいいだけだ。

前に、「たまには太郎からうちの親に電話させてやってよ」と言われて、そうしていたこともある。孝志は照れなのかなんなのか分からないが、自分の実家への連絡もほとんど私に頼んでくるのだ。だが考えてみれば何でそんなことを私がしなくてはならないのか。

「自分で勝手にやんなさいよね」

「何を？」

太郎が恭子に言った。

恭子は思わず声に出してつぶやいていたのだ。

「ううん。なんでもないの。はい！　ドリルやっちゃおう！」

恭子は改めて自分自身に気合を入れるかのように、小さな深呼吸をして言った。

3

グルメドラマの台本は遅々として進まない。プロデューサーから催促が来てから、孝志は執筆ノルマを最低でも一日三ページと決めてはいるが、今日も午前中は太郎に出鼻を挫かれて、どうにも仕事をする気分にはなれず、孝志に代わって恭子が太郎の勉強を見てくれてからも、二階にあがってＹｏｕＴｕｂｅで古いプロレスの試合などをダラダラと見ていたら、もうすでに夜中の十二時を過ぎている。

グルメドラマの撮影は夏の予定だが今の状況で果たしてできるのかという不安ももちろんある。それでも準備だけはしておきたいというプロデューサーの気持ちは分からなくもないし、夏になればなんとなくコロナも収まるのかなとは孝志も思っているが、やはりこの面白くなさすぎる企画に対してなかなか筆が進まないのだ。

孝志はスマホでＳＮＳを開いた。いろんな人たちが今のこの状況について自分の意見を言ったり、同業者、他業者を助けるための運動を起こしていたりする。映像業界でも閉鎖された劇場を助けるべく動いている人たちがたくさんいる。

何かしなきゃ。孝志もそうは思うのだが、何をしていいものやら分からない。当たり前だ。本気で何かをしなければと思っているわけではなく、周囲が動いているから自分も何かをしなければと思っているだけなのだ。

有志の映画監督や脚本家、プロデューサーたちが基金のようなものを立ち上げたりもしている。数年前ならば、孝志も声をかけてもらえたかもしれないメンバーだ。

自分はそこから零《こぼ》れてしまった。それを実感してしまうのも辛く、孝志はSNSを閉じた。また頭を無にできるお笑いとかプロレスとかのYouTubeでも見ようとしたとき、ふとテーブルの片隅に一冊の台本があることに気づいた。

そこにはグルメドラマの参考にしようと取り寄せていた様々なグルメ系ドラマの台本が積み重なっていたのだが、いつの間にか一番上に見知らぬ台本がある。

手に取ると、表紙には『一度だけ』(仮題・準備稿)という仮タイトルが印刷してある。

台本をめくると最初のページに、『脚本　村沢恭子』とあった。村沢は恭子の旧姓だ。

その瞬間、孝志の心臓はなぜかドキッとした。まずは旧姓であることにドキッとし、その旧姓で恭子が書いた脚本のタイトルが『一度だけ』ということにもドキドキしてきた。

いったい何が『一度だけ』なのか。確かコンクール受賞時のタイトルは『美子』とか

『知子』などという女性の名前のついたタイトルだったはずだ。多分それは主人公の名前で、主人公の名前をタイトルにするのはよくあることだ。どうせその主人公が何かに苦悩して成長するというありがちな話だろうと孝志は思いつつ、その脚本を読んでみたいと思っていた。だが読まなかった。自分に内緒で恭子が脚本を書いていたことに、怒りに似たような感覚を覚えたからだ。大げさにいえば、なぜ自分に無断で脚本など書いているのだとすら思った。だから興味のない振りをした。もちろん恭子はそんな自分の器の小ささを見破っているだろうということも分かっていた。

だがおそらく、改訂作業が始まればその苦しさに負けて、意見を求めてくるだろうと思った。脚本を書くことの本当の恐ろしさは改訂作業にある。脚本というのは実は多くの人間との共同作業なのだ。そしてその共同作業は、脚本家が己の作家性を全開にして魂を込めて書いた第一稿を、監督、プロデューサー、俳優、スポンサーたちの意見でことごとくつまらないものにしていく作業なのだ。千回に一回くらい、その作業をへて面白いものになることもあるが、たいていは「分からない」という意見のもとに猿でも理解できるものに直されていくのだ。と言っては猿に失礼かもしれない。

孝志はついつい自分が今までに経験してきた改訂作業のことを思い出して頭が熱くなってしまったが、新人は必ずそこで立ち往生するはずだ。恭子もそのときに泣きついてくるはずだという算段があった。だから読むのをグッと我慢していたのだ。だが恭子はいつまでたっても泣きついてこなかった。

クレジットが旧姓であるということは、恭子は孝志に見せる気などなかったのだろう。きっと俺は、恭子のクレジットが旧姓であることに対しても何かを言わずにはいられない。理解のある振りをしつつ、心のどこかでそのことを面白く思わない気持ちが出てきてケンカになってしまうだろうことは容易に想像がつく。

孝志はさらに台本をめくった。次のページには監督の名前が出ていた。『二階堂健』。聞いたことのない名前に孝志は瞬時に胸をなでおろしつつ、すぐにその名前をスマホで検索した。

なかなかのイケメン中年男の写真が現れた。画像検索をすると、洒落たシャツなど着て写っている写真が多い。

「この男と恭子はいつも打ち合わせをしているのか……」と思うと、孝志の嫉妬心にすぐに火がついた。

二階堂健は東西テレビの社員ディレクターで、早稲田大学卒だ。書類を出せば誰でも入れる映像専門学校卒の孝志はいまだに学歴コンプレックスがある。

局のディレクターである二階堂は、当然テレビドラマはたくさん撮っている。知っているタイトルもあるが、ありきたりな医療ものとか刑事もののドラマがほとんどで、孝志が見たことのないものばかりだ。どうせ代表作と呼ばれるものは撮っていないやつなのだろう。孝志は少しホッとした。ついでにいくつか二階堂のインタビュー記事も読んでみたが、『人の弱さを描きたい』とか言い古されたことしか言っていない。やはりたいしたことはなさそうなやつだと思うと孝志はまたホッとした。

そして孝志はそのまま恭子の書いた台本を読み始めた。旧姓であることに加えて何が『一度だけ』なのか知りたいし、どんな内容の台本をこの二階堂というディレクターと作っているのか知りたいという欲求を抑えられなかった。

ファーストシーンでカッと頭に血がのぼった。どう見ても孝志がモデルとしか思えない旦那との耐えがたいセックスに心を無にして耐える主人公という描写から始まる。その主人公である朝子《あさこ》という主婦は子供の保育園の同級生のお父さんである一雄《かずお》に恋をしている。そして一雄も朝子に恋をしている。互いの家族は仲が良くてよく一緒に飲んだりもしている。朝子と一雄は互いに惹《ひ》かれ合っていることを分かっているが、一歩を踏み出せない。そしてあるとき、一雄の転勤が決まる。

「するな！　するな！　でもどうせセックスするんだろうよ！　なんだこの安っぽい展開は！」

孝志は罵りながら読み進め、予想通り、朝子と一雄はセックスをした。セックスシーンでは、テレビドラマでこれをどこまで表現できるのか分からないが、体位なども含めてわりと事細かに書いてあり、孝志は思わず読み入ってしまった。

「旦那さんが絶対にしないこと……していい？」

「たくさんして……」

などという歯の浮くようなセリフを読みながら、こんなこと俺とでもしていただろうと孝志は怒りに震えつつ、だが悔しいことに読みながら勃起していた。

先日送った「セックスしたいLINE」を断られてからも、当然だが恭子とセックスしていない。イコール誰ともしていない。したい欲求もかなり高まっているときに恭子の書いたこの脚本は内容だけでなく、自分の妻がこんなものを書いていたということも含めて興奮するものだった。今すぐにでもオナニーしたいくらいの気分ではあったが、孝志は階下におりた。何かを恭子に確認したかったし、オナニーよりも、あわよくばセックスがしたかった。

居間におりると、恭子はテーブルに突っ伏して寝ていた。その恭子の前には起動されたままのパソコン画面がある。きっと脚本を書きながら寝てしまったのだろう。

顔の横にはスマホもある。

孝志は今まで恭子のスマホの中身を見たことはなかった。今、初めて見てみたいという衝動にかられているが、手に取るには怖い位置だ。

恭子は自分の腕に顔をのせて寝ている。その横顔を孝志はマジマジと見つめた。こうして恭子の顔をじっくりと見つめるのは久しぶりのことだ。改めて見ると、確かに美しい顔立ちではあるが、好みではない。恭子は目鼻立ちがくっきりとしてポッチャリとした唇もかわいいが、孝志はどちらかというと薄い顔の一見冷たそうに見えるくらいの顔立ちが好きだ。だが明るい性格で、積極的にアタックをかけてくる恭子をいつの間にか孝志も好きになってしまった。もちろんそのアタックは売れない女優が媚を売ってくる類のものであるとは理解しつつも、悪い気はしなかったのだ。

かつての恭子は、孝志のしたいときにセックスさせてくれたし、したいことをさせてくれたし、して欲しいことをしてくれた。その恭子が、今はとてつもなく遠く感じる。シナリオコンクールの受賞から薄々は感じていた距離を、孝志はマリモの身体に溺れることで見て見ぬ振りをしていた。

恭子はもう二階堂としているのだろうか。いきなり孝志の想像は飛躍してしまう。そんなわけはないだろうが、楽しく過ごしていることだけは間違いないだろう。孝志は、いつぞや恭子が午前中から誰かと楽しそうに電話をしながら駅に向かっている姿を見たのを思い出した。確かあの日はオーディションだったと言っていたが、あの電話の相手はもしかしたら二階堂だったのかもしれない。

自分にはMの気質があるのだろうか。孝志は恭子と二階堂の逢瀬を想像すればするほど興奮する。と同時に湧き上がってくる性欲を、目の前で寝ている恭子をメチャクチャに犯すことで発散してやりたいというアダルトビデオの見すぎのような妄想も頭をもたげる。

実際に、昔はそんなレイプごっこのようなこともしたことがある。大根役者のくせに、そのときの恭子の芝居は妙にうまかった。もしかしたら、今だって無理やり恭子を抱いてしまえば、あのときのような反応を見せるかもしれない。ごっこで楽しめるのは、心のどこかにそんな願望がないとは言えないからではないか。冗談でもそんなことは言えないご時世だし、夫婦間でも互いの同意なきセックスはレイプになるから、恭子が本物のレイプだと言い出したら返す言葉はない。最近の当たりの強い恭子ならば言いかねない気もする。

だがそうでもしないと、今、強引にでも恭子を組み伏せでもしなければ、恭子が今の自分にどのくらいの気持ちがあるのか孝志には分からなかった。強引にいけば、身をもってそれを体感できるはずだ。もしかしたら恭子の気持ちが自分にはまったくないということが分かったり、あるいは強引にしようとしたことで完全に嫌われてしまう可能性もある。いやいや、俺はいったい何を考えているのかと自分でもなんだかよく分からなくなったとき、ふと恭子の目が開いた。

「え……何？」

恭子はむくっと顔をあげると、痴漢でも見るような蔑む目つきで孝志を見た。

孝志は一瞬躊躇したが、その恭子の唇にキスをしようとした。

「ちょっと……何！　やめてよ！」

一瞬の躊躇がまずかったのかもしれない。素に戻る時間を与えてしまったか。だが、もう後戻りはできない。ここは強引にいくべきだと思い、恭子の胸を鷲づかみに揉むと、孝志はそのままレイプのように（レイプなのだが）恭子にキスをして組み伏せようとした。

「ちょっとなんなの！」

恭子は想像以上に激しく抵抗した。ここで力をゆるめてはならないと、孝志は恭子の手を押さえつけた。

「イテェんだよ、なに勃起してんだよ！　バカ野郎！！」

まるで演技のような激しい口調で恭子は怒鳴った。

そして恭子の言う通り、孝志は勃起していた。だからこそここでやめられない。勃起しているから最後までいきたいということではなく（それもあるが）、勃起していることがバレてしまったことが恥ずかしくてならない。だがもともと力もたいして強くない上に、どこか芝居のつもりだった孝志は本気の恭子の力に簡単に跳ね飛ばされて尻もちをついてしまった。

「出てけよ！　消えろ！」

「ごめん……」

孝志は尻もちをついたまま、勃起した下半身をどうにか隠すような体勢をとり、なんで怒られているのかまったく分からないときの太郎とそっくりの表情を浮かべて言った。レイプしようとして、力で押し負けた上に、勃起までしていては、こういう小芝居を打つ以外に今この場を乗り切る手はないと思った。

4

「ごめんじゃねえんだよ！　むちゃくちゃイテェんだよ、あんなふうに触られると！」

恭子はただずむ孝志に怒鳴った。乱暴に触られた胸が想像以上に痛くて頭に血がのぼり、自分でも驚くような口調で怒鳴ってしまった。

孝志は目の前でわざとらしくしおれた表情を作っている。

「ほんとごめん……だって……もうしたくてしたくて……」

「マジ消えろ」

孝志のその芝居じみた言い方と、自分にこんな言葉遣いをさせたことにどんどん腹が立ってきて、恭子は冷たく言い放つと背を向けてパソコン画面を見た。画面上の脚本を見つめていても、怒りで何も頭に入ってこない。

そのうち孝志が部屋から出て行った気配を感じると、恭子は冷蔵庫から缶酎ハイを一本取り出して飲んだ。

「アホが」

思わず声に出してつぶやいてしまった。声に出してしまった自分に苦笑してしまうくらいには落ち着きを取り戻してきたが、それにしてもムカムカする。

こんなに怒り狂ってしまったのは、もちろん胸を力任せに揉まれた痛さも多分にあるが、センスのかけらもないレイプごっこへの持ち込み方に苛立ちを覚えたのと、脚本の直しが難航していることへのストレスもあったのかもしれない。

それにしてもまったくあいつはなんてアホなのだろうかと思ってしまう。強引にされるのを女が喜ぶと本気で思っているのだろうか。寝ているところを突然金玉蹴り上げられたら、自分がどんなふうになるか想像できないのだろうか。アホだから想像できないのだろう。

寝ている孝志の金玉を蹴り上げ、孝志が飛び起きて発狂する姿を想像すると、恭子は笑ってしまった。痛みに耐えかねてピョンピョン飛び跳ねる想像上の孝志に思いの他ハマってしまい、ひとしきり笑うと気分はずいぶんとすっきりした。

「ふぅー」

恭子は気持ちを切り替えるために、深呼吸のようなため息を大きくつくと、改めてパソコンの画面に向き合った。

さっきは脚本を直しているうちに眠ってしまったのだ。

ラスト、主人公の朝子はタイトルにあるような『一度だけ』のセックスを一雄としたあと、今までの生活に戻る。改訂作業をしているうちに、湊山がそこにも異議をとなえてきたのだ。

この主人公は家庭になんか戻れないんじゃないだろうかと。子供を捨てるかどうかはともかく、夫とはもう一緒にいられないのではないかと言ってきた。

湊山の演じる『一度だけ』の相手となる一雄のその後はドラマでは描かれないが、きっとこの男も今まで通りには暮らしていけないはずだと湊山は言った。

湊山の言うことはもちろん理解できたが、恭子はそうしたくなかった。『一度だけ』を胸にしまいこんで、これからも続く家庭という戦場の中で戦い続けることを選ぶ女性を描きたかった。

主人公がラストに大きく羽ばたく映画やドラマの良さももちろんあるが、その場合、主人公が自分とは遠い人に感じられてどこか興ざめしてしまうこともあるのだ。『マディソン郡の橋』のラストにボロボロ泣いた身としては、やはり主人公はラストで家庭に戻ってほしい。やっぱり元サヤ、夫のほうがいいということではなく、多くの女性がきっとそうした生き方しかできないだろうと思う。その生き方を否定したくない。

湊山にそう言うと、「なるほどねえ。じゃあこの主人公って、心の底ではどうなりたいのかな。家庭に戻って今まで通りの戦いをするってことじゃないと思うんだよなあ」と聞かれた。

「セリフなんかには出さないんだろうけど、無意識的に心の奥にある一番の欲望ってなんだろう。それがこの『一度だけ』をへてドラマの最後にちょっと見えないかな。俺の役もなんか一言最後に彼女に言いたいしね。無言でバイバイってのはかっこいいようで、どうも締まらないんだよなあ」

そう言われると、確かにそうかもしれないと恭子は思ったのだ。

二階堂は『一度だけ』をへても変わらずに元の生活に戻るのがいいと言ってくれたが、かすかな、でも実は強力な変化が主人公の中にあるような気がしてきた。それが湊山の言うところの主人公の欲望とつながるのだろう。

「自分らしく生きたい」とか漠然とした言葉は出て来るがあまりしっくりこない。

孝志にアドバイスを求めてみようかなと思ったこともあるが、それはやっぱりやめた。孝志はいつも「脚本は直しに入ってからが本当の仕事」などと言っていたが、今はその意味がよく分かるだけに、余計に助けを求めたくない。どうせあいつは優しい振りをして「ここからの直し地獄を乗り切れるかどうかだから」などと言ってマウントを取って来るに違いないのだ。だから今はどうしても孝志の力に頼りたくなかった。

私はあいつと対等になりたい。夫婦生活を十年以上続けてきて、一人の人間としてちゃんと尊重されたかった。

「ああ……そうか」

ふと恭子は腑に落ちたような気がした。きっとこの脚本の主人公もそうだろう。新しい人生を求めるというよりも、旦那と対等になりたいのではないか。対等じゃないということをはっきり自覚して、ラストにあんなセックスを旦那以外の人に求めて、これからの旦那との生活を変えていく。理屈で埋めるとドラマはつまらなくなることも往々にしてあるが、きっとそんな単純な欲望なのかもしれない。

恭子はトイレに立ち用を足すと、なぜかそのまま寝室に足が向いた。

寝室の半開きのドアを覗くと、孝志が太郎の横でスマホをいじっていた。何を見ているのか知らないが、さっき私に怒鳴られたことなんてまるで堪《こた》えていないのだろう。

恭子は寝室のドアを全開にした。

「あ……どうしたの?」

さっとスマホを置いて孝志は言った。

「ちょっといい?」

「……いいけど」

「あっち来て」

「あ、うん」

孝志の顔が一瞬ヘラッとした。セックスさせてもらえると思っているのかもしれない。

孝志を連れて居間に戻ってくると、恭子は「座ってくれる?」と孝志に椅子を促した。

「何……?」

孝志からヘラッとした態度が消え、やや不安が入り交じったような表情を見せているが、それすらも恭子には、恐怖に怯える小動物風の小芝居に見える。

「あのね」

「うん」

「あたしたち……」

孝志の芝居じみた言い方を腹立たしく思いながらも、自分もここは思いっきりためを作った。

「セックスなしでもいい夫婦関係、築けないかな」

「え……」

孝志の顔から、さっきまでの芝居じみた表情が消えた。

自分で言っておきながら、本気でそう思っているのかどうか恭子は分からなかった。いい関係を築くためというよりも、対等になろうとして言っているだけのような気もするし、ある種のマウント取りの言葉のような気もする。今の孝志とはしたくないが本当にセックスなしでいいのかどうか、実は深く考えたこともない。それでいい関係が築けるとも思っていないような気もする。

もう互いに何も期待し合っていない夫婦ならば、そういう関係もありなのだろうが、恭子はそんな夫婦関係になるのはまっぴらごめんだ。今の孝志としたくないだけで、好きな人と思う存分セックスしたいという願望はあるのだ。

相手が孝志のままでいいのかどうかは正直よく分からないが、旦那と愛し合っている関係ではいたい。マイちゃんのように、「好きな人は旦那」と言える人生を心から羨ましいと思う。

「どういうこと……？」

孝志が不安そうに言った。

「そのまんまの意味。そんな夫婦いくらでもいると思うし、もしかしたらそのうちしたくなるかもしれないし」

孝志は黙っている。

「あたし……別に孝志のことが嫌いになったわけじゃなくて、今はしたくないだけだから」

言いながら、昔はあんなにしていたのが不思議な気持ちになった。今の孝志には一切欲情しない。

「あと……もしバレないようにしてくれるなら風俗くらい行ってくれてもいいし」

「は？」

孝志は驚いたような顔で恭子を見た。これもなぜかスルリと出て来てしまった言葉だった。それでいいわけがない。

「だってそうでしょ。あなた、たぶん抜いてすっきりしたいだけなんだよ」

これだけは確信を持って言える。

「いやそうじゃないよ！」

「そうじゃなけりゃあたしとしたいのは執着だよ。愛じゃない」

恭子は、先日マイちゃんと話したときの執着という言葉を使ってみた。それで孝志の反応を見てみたかった。

「何……？　執着って」

孝志が不満と不安の入り交じったような声でつぶやいた。

「小さな子がたいしていらないオモチャを他の子にあげたくないのと一緒。自分のものへの執着なのよ。手元からなくなりそうになると置いておきたくなるだけ」

「そんな、それは違うよ」

「違わないよ」

「……」

きっぱりと言い切ったことで、孝志の顔に不安の色が濃くなった。もっと不安にさせてやりたいという衝動にかられるが、ここは冷静になる。

「とにかく、太郎もいるし、今は離婚する気はないの。あなたと前向きな夫婦の関係を取り戻すために真剣に言ってるだけ。だから孝志も真剣に考えてよ」

「……」

「それだけ。じゃ、あたし、仕事するから」

恭子は孝志に背を向けるとパソコンのキーを打ち始めた。実際に脚本を書いているわけではなく、適当にキーを叩きながら、打ちひしがれている様子の孝志を背中に感じていた。

最高に気分が良かった。先日の「向こうで勃たせてきて」という言葉を孝志に投げつけたときよりも、達成感のようなものを感じた。「向こうで勃たせてきて」はほとんど咄嗟に出た言葉だった。だが今は、ある程度は冷静に孝志と向き合いながら話せた。夫婦になって、初めて対等に話ができたような気がした。

5

孝志は眠れなかった。寝室に戻り、太郎の横に寝そべって抱きしめてみたが、心がどうにも落ち着かない。

先ほどの会話……というか一方的に恭子から告げられたことをどう受け止めていいのか分からず、軽いパニックに陥っている。正直、途方に暮れたような感覚だ。

どういうつもりで恭子はあんなことを言ったのだろうか。ここ半年セックスなしでいい夫婦関係だったのではないか？　いや確かに少しギクシャクしてはいたが、どこの夫婦でも結婚生活を十年も続けていれば、だいたいこんなものではないのだろうか。

まさか浮気がバレてしまったのかとも思ったが、それはないとすぐに打ち消した。恭子の性格からして、その事実を知ればすぐに言ってくるに違いない。

これまでの結婚生活で、恭子からあんなふうに面と向かって話をされたことはなかったような気がして、孝志はそのことにも戸惑っていることに気づいた。

もちろん夫婦のことや太郎のことなどで何度も意見が食い違ったことはあるし、恭子から意見を言ってくることもあるが、そのどれもが、「こう思うけどどうかな？」という、言ってみれば恭子から孝志にお伺いをたてていたような形だった。それに対して孝志がジャッジしていた。そのジャッジというのも正確なジャッジをくだしていることもあっただろうが、自分が面白いか面白くないかが大きな判断基準だったのは否めない。そしてそのことを少しでも指摘されると、激高して恭子の意見を封じ込めることもあった。そういう自分の器の小ささを孝志は自覚していた。

先ほどの会話は、完全に恭子に主導権を握られていた。そのことで自分は今、軽くパニクっているのだ。どうやら自分の器の小ささは想像以上だったようだ。

恭子は、「今は離婚する気はない」という言い方をした。その「今は」という言い方も気になる。じゃあ将来は離婚する可能性があるということだろうか。正直、今恭子と離婚するということはまったくピンとこないし離婚となると困る。一人ぼっちになってしまう。何より孤独というものが孝志は一番恐ろしかった。

恭子と出会う前、孝志が助監督を辞めて自主映画で勝負をかけようとしたとき、当時付き合っていた彼女に振られた。身銭を切っての自主映画で勝負するのだから当然大きな不安はあった。だから支えてほしかった。別れを切り出されたとき、孝志は自分でも驚くくらい取り乱した。泣いてすがったが、彼女は「今さら自主映画なんて私も不安で耐えられない」と言って去った。

結果的にあのときは、孤独になってしまった恐怖と絶望を映画製作にぶつけることができたが、あのエネルギーは今の自分にはない。今、仕事もロクにないこの状況でとても一人にはなれない。

孝志はスマホを持つと、ほとんど無意識にマリモにＬＩＮＥを打った。

『元気？　ごめんね、なんか気になってＬＩＮＥしちゃった。映画はうまくいってますか？』

送ってどうするつもりなのかと自分に突っ込みたくなるが、結局送ってしまった。

取り消すことはできるが、取り消したとしてもLINEを送ったことはどうせ分かるのだから取り消さなかった。

送ってからわずか十分ほどの間に、既読になっているかどうか何度も確認したが、いっこうに既読にはならなかった。その後も頻繁に確認してみたが、いつまでたっても既読にはならない。

次第に既読にならないことにもソワソワしてきてしまい、結局LINEを送ったことで余計に落ち着かない気分になっただけだった。マリモとやり取りした過去のLINEを読み返していると、あまりにアホな内容にさらに憂鬱になってきたりもしたが、次第に目が疲れてきて、いつの間にか眠ることができた。

目が覚めたのはいつもより一時間も早い五時半だった。恭子はいつの間にか寝室にきて、太郎を抱くようにして眠っていた。

スマホを確認してみると、マリモから返信があった。

『わー、久しぶり！　元気⁉　別れてひと月ちょいなのにチョー懐かしい！　私は元気だよ。監督が厳しくてちょっとへこんでたけど、大山さんからのLINEでなんか復活したかも。そちらは元気ですか？』

『何とか元気だよ。マリモと別れてちょっと寂しいけどね。映画頑張って。応援してます！』

会いたいな。と書こうかどうか迷ってそれはなんとか踏みとどまった。

昨晩は落ち込んだが、恭子は「セックスなしでいい夫婦関係を築くため」と言っていたから、基本的には前向きなのだろうと、現金なものでマリモからの返信で孝志の気持ちもちょっと復活した。

孝志はそのまま起きて寝床から出ると、恭子と太郎のための朝食の準備をした。朝食を作ることはわりと頻繁にあるので、それだけでは恭子へのアピールにはならないと思い、昨晩の内に恭子が干していた洗濯物も取り込み、部屋の掃除までした。

だが起きてきた恭子の態度は普段通りだった。いきなり変わったことをしたからと言ってすぐに態度が軟化することは当然ない。とにかく今はちょっと神妙にしていて、数日後に話し合いの場を設けてそこでなんとか丸め込むしかないと孝志は考えた。

朝食後、孝志はいつものように太郎の勉強を見た。今日は恭子がやっているように太郎が分からないと言えば、すぐに答えを教えようと思っていたが、太郎が孝志とやることを拒んだ。

「パパ、すぐに怒るからイヤだ」

「大丈夫、今日は絶対に怒らないよ」

「すぐ大きい声出すからイヤ！　イヤだイヤだイヤだ！」

太郎は聴覚過敏でもあり、大きな音や声も苦手だ。

「パパとやろう」

孝志はおだやかに言った。ここで恭子に太郎を渡してしまっては、やっぱり使えない父親と思われてしまう。

「ね、パパ、絶対怒らない。約束するよ」

「パパ、怒らないってよ」

恭子も助け船を出してくれた。

「イヤだイヤだ！」

「大丈夫だから！」

「ほら、怒った！　大きい声出した！」

ついつい少しだけ大きな声を出してしまったが、元々地声が大きいほうだし、普段に比べたら全然たいしたことはなかったのに太郎は敏感に反応した。

ふと横を見ると、案の定恭子がため息をついている。

「……いいよ。あたしが見るから。勉強終わったら公園連れてってあげて」

「いや、大丈夫だよ。俺見るよ」

「いいって無理やりしなくても。太郎、このモードに入ったらなかなか戻ってこれないから。もうこうなったら仕方ない。こんなにあなたとの勉強を嫌がるってことをちゃんと考えてほしい」

失格のレッテルをまた貼られたような気がして反論しそうになったが、今はそこをグッと我慢して孝志は恭子に任せることにした。

だが太郎は勉強が終わっても公園どころか、家から出ようとすらしなかった。

ぐずぐずと恭子にまとわりついては、

「パパと公園行っても、スマホばっかり見ててつまんないんだもん」と言った。

世界中のお母さんたちがもっとも不機嫌になるセリフだろう。

孝志は思わず頭に血がのぼりそうになったが、もはや恭子は不機嫌になるどころか興味もなさそうに、「公園、大地も来てるかもよ。ママ、お仕事だから太郎と遊べないの。外行って遊んできなね」と言ってさっさと二階にあがってしまった。

これ以上太郎といても、太郎はどんどんエスカレートして恭子から離れなくなってしまうことを経験上分かっているのだ。太郎の視野に恭子がいないほうがうまく行くことがある。

そこから孝志は、必死で太郎をなだめすかし、過剰に機嫌を取った。

「外に出たら帰りにお菓子買ってあげる。だから行こ。なんでも好きなもの買ってあげるから」

そう言っても太郎は「お菓子いらない」と言って動かない。孝志はまたもキレそうになったが、グッと我慢してガチャガチャをさせる約束をして、なんとか三十分後には公園に連れ出した。

もはや太郎を遊ばせたいというよりは、恭子へのポイントアップのためで、スマホもわざと目につくような場所に置いて家を出た。

家から自転車で十分ほど行ったところに、広い公園があり、緊急事態宣言後、そこは午前中から大勢の子供たちやリモートワークで家にいるお父さんやお母さんたちで毎日にぎわっている。まだお母さんたちの姿のほうが若干多いだろうか。

遊具は感染防止のためにロープやテープなどで囲われて使うことができないから、子供たちはスケボーを持ってきたり、ボールを持ってきたりして遊んでいる。感染の恐怖から家から一歩も出ない人、子供を外に出さない人、見えないウイルスへの恐怖から外へ出られない子供もいるからコロナに対しては人それぞれなのだろうが、この公園の中だけを見ると、春のポカポカ陽気の中のよくある休日のようだ。

太郎が鬼ごっこをしようと言うので、それはやめて相撲にしようと提案したが却下された。どうして子供はこうも鬼ごっこが好きなのだろうか。自分は子供の頃、そんなに鬼ごっこをした記憶はないのだがと思いつつ、適当に追いかけていると、「おー、太郎パパ！」と声がした。

声のほうを見ると、大地君ママとミナちゃんママがいた。孝志を呼んだのはもちろん大地君ママだ。

太郎は大地君とミナちゃんを見ると、大喜びで近づいて行き、三人でどこかに探検に行った。これで楽になれると孝志は心底嬉しかった。

大地君ママから四人目を妊娠していることを聞いていたので、そう言われてみるとミナちゃんママは少しお腹が大きくなっているように見える。

「どうも」

「ママは？」と大地君ママが聞いて来た。

「家で仕事。あ、おめでとうございます。聞きました。いつですか？　予定日」

孝志はミナちゃんママに聞いた。

「十月です」

「いいすね。まだどっちとか？」

「聞いてないんです」

小柄なミナちゃんママがニコニコして言った。

「それより、どうやって旦那に抱いてもらえるか教えてもらってんの。セックスしてくれるならあたしだって四人くらい作るよ」

大地君ママがケラケラ笑いながら言った。

「ちょっと何言ってんの」と言いつつミナちゃんママも笑っている。

「太郎パパはね、目覚ましフェラチオなんだよね」

「はぁ⁉　ちょっと！　何言ってんの！」

一気に孝志の顔が真っ赤になった。

「前に言ってたじゃん。それやったらイチコロだって。でもウチの旦那、ぜんぜん効き目ないんだよね。大好きなんでしょ、太郎パパ」

「いやあの……」

戸惑う孝志にミナちゃんママは笑っている。

孝志は以前にどうしたら旦那をその気にさせられるかという相談を大地君ママから受けたときに、寝起きのフェラチオを提案した。それは孝志の大好物で、付き合い始めた頃の恭子はちょくちょくしてくれたのだ。もちろん前の晩からお願いしていたのだが。

「何言ってんのよ、こんな明るい時間にこんな健全な場所で」

クスクス笑いながらミナちゃんママが言った。

「あんたはいいんだよ、十分してるから。問題はウチらだから。太郎パパ、その後も全然なし？」

「ないっすねえ」

ミナちゃんママも朗らかに笑っているように見えるし、もうここまで言われたらあとは悪乗りするしかないと思い、孝志は昨日恭子から提案された「セックスなしでいい夫婦関係を築きたい」という話をしてしまった。

女性陣二人は興味津々という訳ではなさそうだが孝志の話に耳を傾けた。

「う〜ん、思った以上に手ごわいねえ」

一通り聞き終わると、大地君ママは言った。

「でも、確かにセックスなしでも愛し合ってる夫婦なんかたくさんいるんじゃない」

ミナちゃんママが言った。

「う〜ん……でもそんなんで本当に愛し合ってるって言えるんですかねえ」

言いながら、自分自身だって、実際は恭子を愛しているのかどうかは分からなかった。

恭子の言うように、単なる執着なのかもしれない。

「ただささ、寂しいんだよ、セックスないと。したいってだけのときもあるけどさ、あたしなんかほんと寂しいんだよね」

珍しくしみじみと言った大地君ママの言葉に、孝志も頷いていた。

確かにそうだ。ただただ射精したいだけのときももちろんあるが、やっぱりセックスがないと寂しい。普通に話したり、抱き合ったり、キスしたり、の延長でセックスしたりっていうコミュニケーションが自分にとっては多分に情緒を安定させるツールだと思うのだ。

「ほんと、寂しいんですよ。やっぱダメなんですよ、一人でするとか風俗じゃ」

「分かんないっしょ、あんたには」

大地君ママがミナちゃんママに言うと、「うん、分かんない」と言ってミナちゃんママはまた笑った。

6

「やっぱり主人公はセックスで変わるってことなんですよね。最後に一度だけする不倫セックスで変わって、今までの夫婦の生活も変わっていくと。それを例えば旦那に自分から求めてみるって終わり方で提示できませんか。主人公に何かしらの変化が見られれば湊山さんも納得すると思うんですよね」

パソコン画面の向こうで二階堂が言う。彼の背後には夥《おびただ》しい量の本が並んだ本棚がある。

自分から旦那に求めるということで、主人公のどういう変化を視聴者が感じ取るのか、少し怖い気もしたが、面白いアイデアのような気がした。

「面白いような気もするんですけど……でもちょっと見てる人が引いたりしないですか？」

恭子は少し不安に感じたことを言ってみた。

「いや引くなら引かせていいんじゃないですか。なんかもう最近配信ドラマじゃどんどん過激なことやってるし、って言っても一昔前なら平気でやってたことのような気もするんですけど、そろそろ安全なとこで毒にも薬にもならないものを作っててもしょうがないかなと。ねえ、糸原さん」

振られた糸原はもう額に汗をかいている。

「いやまあ……。プロデューサー的に言うと、スポンサーがなんて言うか……ハハ。ただでさえちょっと過激なとこのあるホンじゃないですか、これ。最近の地上波では」

自分の書いた台本が過激と言われると恭子は少し嬉しかった。

会社の会議室のようなところにいる糸原は、周囲に誰もいないのにマスクをしている。

「戦いましょうよ、そこ。そういうとこでスポンサー口説くのもプロデューサーの腕の見せ所じゃないですか」

「まあ、そうなんだけどねえ。ごめん、ちょっと抜けていいですか？　すぐ戻りますんで」

糸原はそう言うと、マスクを外しながら画面から消えた。

いつものように隣の部屋の別のパソコン画面に行くのだろう。恭子は知らなかったが、プロデューサーというのは常にいくつかの案件を抱えながら仕事をしているらしい。

「なんであの人、いつも画面から消えるときだけマスク外すんだろ」

二階堂の言葉に恭子は笑った。恭子もいつも気になっていたのだが、糸原は画面に向かって話しているときは常にマスクをしたままで、消えるときだけ「失礼します」と言ってマスクを外すのだ。

「あれが礼儀って思ってんのかなあ」と言いながら二階堂は笑った。

「やっぱりプロデューサーさんはいろんなところで気を遣うからそうかもしれませんね。なんとなくマスクしてないと失礼っていうか」

糸原はたいてい三十分くらいで戻ってきて、また三十分くらい話して消えたりするのだが、二階堂と二人きりになるこの時間が恭子は楽しみだ。

台本の打ち合わせがリモートになった当初は慣れなくて苦痛だった。だがずっと家にこもっていると、その時間も徐々に楽しみになってきた。なんと言っても二階堂と画面越しとはいえこうして会えるわけだし、孝志と太郎とずっと一緒にいることが大きなストレスになっているから、その唯一のはけ口だったのだ。

もちろん家に孝志と太郎がいるときにリモート打ち合わせをしていても、孝志は興味のない振りをして聞き耳を立てているだろうし、太郎は何度言い聞かせても部屋に入って来ちゃうか、入って来ないまでもドアの外で大音量で奇声を上げるから、はけ口とはいえ、ストレスは残るのだが。

「でもまぁ、女性はそういうところがあるのかもしれないですね」

ふと二階堂がつぶやいた。

「え？」

「セックスで変わるって、分かるようで分かんないんですよね、男には。ていうか俺だけかな。女性特有なんですかね、そういう感じって。男でもあるのかなあ」

「うーん……」

実を言うと恭子もよく分かってはいない。そういう設定も男性が書く作品の女性像に多いような気がして、正直「バカじゃないの、妄想だよ」なんて思っていたのだが、いざ書いてみると、楽しくてしょうがなかった。男性が書くような、男性の手によって変わっていくのではなく、してみたかったことを自らどんどんしていくセックス描写が書いていて楽しかった。書きながら何度か自分一人でもした。それまでは、一人でることはほとんどなかったのに、この台本を書き始めてからは回数が増えた。

「セックスで変わるっていうか、日本の女の人ってやっぱりなんだかんだセックスは受け身だと思うんですよね。夫婦別姓とか制度的なことではいろいろ文句を言うようになりましたけど、なんかセックスは別っていうか……。外国のAVとか見てると男女の関係がすっごいフェアで、男も女も純粋に同じレベルでセックスを楽しんでいる感じなんですよね」

「え、見てるんですか？　AVなんか」

二階堂が笑いながら言った。

「いやいやそんな頻繁には見ないですよ！　なんか前にたまたま見ちゃったっていうか、あれ？　なんで見たんだろ？」

恭子は誤魔化したが、実際は自分で検索したのだった。

この台本を書いているときに、一人でしたくなり、何か刺激になるものがほしくて、色々と検索していて行きついたのだ。

それまで日本のＡＶは何度も見たことがあった。付き合っていた男性と一緒に見たり、一人でも見たことはあったが、男のくだらない妄想を描いたものが多く、ほぼワンパターンで正直つまらなかった。アイドルみたいな見た目のかわいい子が最初は恥ずかしがっていたのに、だんだん感じて、最後は失神しそうな勢いで絶頂を迎えるとか、妙に淫乱に開花するという判で押した展開では白けてしまい欲情しなかった。

それに比べて外国のものは、単に男女がしているだけみたいなものでも、女性から積極的にセックスを楽しんでいるように見えたし、している男性も、日常生活はどうか分からないが、少なくともセックスの上では、女性と同等のように見えた。女も男もお互いがお互いを誘惑するような構図というのか、二人ともに（二人以上のも多々あったが）「一緒にこの時間を楽しもう！　レッツエンジョイ！」的な前向きさに満ち溢れていて、しっとり欲情するという訳ではないのだが、なぜかポジディブで幸せな気分になれるのだ。

「海外ものは俺、あんまり見ないなあ」

二階堂が言った。

「けっこう見るんですか？　今でもそういうビデオとか……。ってヤダ、バカですよね、昼間っからこんな会話」

「いやいや……そりゃまあ見ますよ。こんな題材のドラマ作るのに、今までこういう話をしてこなかったのもあれっていうか……まあご時世的にしづらいんですけどね。何がセクハラになるかもあれなんで。僕なんてちょっと素になったらほぼほぼセクハラギリギリの会話になっちゃう恐れもあるんで……ってこれがもうセクハラですよね」

「あたしは下ネタ、ぜんぜんオッケーなんですけどねえ。学生時代の友達とかママ友ともけっこうしますし。でも個人がオッケーでも世間はダメみたいな感じありますもんね」

「ありますねえ。みんなで変わらないと、っていうか」

その二階堂の何気ない言葉が恭子に少し響いた。

「意識のバラつきがまだまだありますからねえ。高い人は低い人にイライラしてる感じもしますし」

自分自身が多くのことに、ほとんど問題意識を持って生きて来なかったことが、この年になって恭子は分かってきた。いろんなことをもっと勉強しておけば良かったと思う傍ら、問題意識を持てていない人をダメだと言い捨てることにも若干、抵抗がある。

孝志とそんな話をしてみたいと思ったこともあるが、意見が違ったりすると、言葉でねじ伏せようとしてくるだけなので、話したくなくなってしまうのだ。二階堂には相手をねじ伏せたいだけという感じがまったく見られない。

「でも、村沢さんが海外ものが好きだったってのは意外だなあ」

二階堂はまたそちらに話を戻した。

「好きって言うか、日本のよりはってだけですよ。二階堂さんだって、AVとかいまだに見てるの意外ですよ」

「え、どういう意味ですか?」

「そのまんまな意味ですけど」

二階堂からは実はあまり性的な匂いはしない。以前の恭子はそういう男にはそれほど興味がなかった。

孝志も分かりやすく性的な匂いを振りまいているタイプの男ではなかったが、甘えん坊のような雰囲気が母性をくすぐるのか、そこにそこはかとなくセクシーさを感じることがあった。

そういう性的な匂いのある男性に恭子はなんとなく惹かれていたが、今は二階堂のような性の匂いが感じられない男を、自分の身体でムチャクチャにしてやりたいという願望がある。実際今改訂作業中の『一度だけ』というこのシナリオもそんな話だ。

「まあウチはもう完全にレスですしねえ」

「えー、そうなんですか」

やっぱりと思いつつも恭子は言った。

「じゃあ、どうしてるんですか？　愛人とかいるんですか？」

二階堂と親しくなってから、ずっと思っていた疑問がするりと口から出てしまった。

「ハハ、ずいぶん切り込みますね。いないですよ、そんな人」

「じゃあ、風俗ですか？」

恭子は少し二階堂を困らせてやりたくなってきた。

「いやいや。僕はもっぱら一人派ですね」

「へえ。それ、面白いんですか？　一人って。なんかその辺ぜんぜんよく分かんないんですけど」

実際一人でやるよりも、好きな相手がいれば、その人としたほうが恭子は断然良い。

「面白いっていうか……。うーん、なんて言うかなあ……。いやまあいいじゃないすか。それよりやっぱり女性はセックスで変わるもんなんですか？　最初の質問に戻りますけど」

二階堂は笑いながら恭子の質問を流したが、恭子はもっとちゃんと聞きたかった。

「もしかしたらそういう願望、するとか入れるとかそういうことじゃなくて、ちゃんと愛し愛されたいっていう願望は男の人よりも強いかもしれないですね。男の人って射精したら終わりって感じだから相手をいたわったり、慈しんだりすることに重きを置かないじゃないですか。それをすごく感じたセックスだと、絶対女は変わると思います。瞬間で」

「重きを置かないわけじゃないですけどねえ。そっかあ。どんなふうに演出すればいいんだろ」

「主人公の変化ですか？」

「ええ」

「うーん、どんな感じでしょうね。いきなり下着の雰囲気が変わってるとか、濃い口紅を塗るとか、それこそギャグみたいですもんね」

「いや、最後の不倫セックスのあとってことじゃなくて、セックスシーン自体を今、村沢さんが言っていたように書いてみたらいいじゃないですか。外国人みたいなフェアな楽しみ、みたいな感じで」

「……」

「そこで大きく変わってくるほうが面白いんじゃないかな。でも、俺に演出できるかなあー」

冗談めかして言いながらも、二階堂は本当に悩んでいる感じだ。その様子に仕事をしている男の格好良さと、少し頼りない感じも混在して、恭子の胸はちょっとキュンとした。

「すいません、すいません。えーと、どこまで話しましたっけ」

糸原がマスクを付けながら画面上に復活してきた。

恭子はがっかりした。せっかくこれから盛り上がりそうだったのに、この人はタイミングが悪すぎる。

「もうだいたい終わりましたよ」

同じように感じているわけではないだろうが、二階堂は笑いながら糸原に言った。

「あ、終わっちゃいました？　で、結局セックスで変わるってことですか？」

「まあ、そうですね。それで変化をどう出すか、ちょっと村沢さんに考えてもらうということで。糸原さんはスポンサーの説得をよろしくお願いしますよ」

「あ、そんな話出てたっけ？　ウソウソ了解です。じゃ、村沢さん、煮詰まったらいつでも連絡ください」

糸原が軽く言うと、二階堂は落ち着いた言い方で恭子に気を配ってくれた。

「ホントに、いつでも。遠慮せずに」

「はーい。ありがとうございました」

恭子はお腹の下のほうになんとも言えない熱いものが少しこみ上げてくるのを感じつつＺｏｏｍから退出した。

以前は退出ボタンをクリックするタイミングをなかなかつかめなかったが、今は何も考えず、ミーティングが終わればすぐに退出するようにしている。対面の打ち合わせだと、終わったあともしばし一緒にいるからそこで無駄話などしたりもするが、オンラインの打ち合わせだと、終わった瞬間に一人になるから、その感じがなんだか気持ち悪かったが今はもう慣れた。

「変化ねえ……」

恭子は口に出してつぶやいていた。やっぱり以前見た海外のＡＶみたいなセックスシーンを書いてみようかと思った。つまり女性のほうからどんどん楽しむようなセックスだ。そして相手の男性は『北の国から』で吉岡秀隆が演じていた純君のような、優しくて不器用なタイプの男だ。不器用さに高倉健のような武骨さはなくていい。なぜか恭子が想像する男の顔は二階堂になっている。

そんな男性を主人公の女が優しく攻める。もちろん恭子はその主人公に乗り移っている。

二十年以上前にたまたま観た『ぼくの美しい人だから』という映画のセックスシーンがわりと恭子のストライクに近い。

スーザン・サランドン扮するハンバーガー屋で働く学歴のない女性と、ジェームズ・スペイダー扮するエリート広告マンの恋の話なのだが、今ではすっかりハゲ親父になってしまったジェームズ・スペイダーが、役柄はまったく違うけれど、まさに『北の国から』の純君みたいな雰囲気を醸し出しているように見えてたまらなく好きだった。

そのジェームズ・スペイダーの肉体を積極的に貪るスーザン・サランドンを見て、初めて映画やドラマのセックスシーンでドキドキしたのだが、周囲の女子たちに話してもあまり共感は得られなかった。どうせみんな、最初に恭子が書いたような、美しいセックスとか男性に慈しまれるだけのようなセックスが好きなんだろうなと思いつつも、自分もセックスするときは、かわいい女性を演じていたように思う。

あの映画のスーザン・サランドンのように、『一度だけ』の主人公も最後に積極的に男をベッドに誘う。そして貪るように男の首筋に唇を這わせる。耳を噛む。首から下にゆっくりキスで降りて乳首をじらして、最後にはその乳首を甘噛みする。男は耐えかねたように小さな声であえぐ。

女が愛撫している最中、男は孝志みたいに「あーして、こーして」とベラベラしゃべることはせず、止められない快感に吐息をつくのみだ。そもそも孝志は吐息でさえもわざとらしいので辟易するのだ。

「止められない快感に吐息をつく男」なんてト書きも、もしかすると男性側からしてみれば、くだらない女の妄想となるのかもしれないが、書いていて楽しかった。そして先ほどから感じていたお腹の下のほうの疼《うず》きが強くなって来る。子宮がキューッと縮んでいくような感覚だ。下半身が濡れてきている。

恭子は書く手を止め、ちょっと奮発して買ったスウェットパンツの上から股間を触る。直に触るよりも、こうして着ているものの上から触るほうが恭子は感じる。優しく触りつつ、脳内では純君や二階堂を通り越して、若き日のジェームズ・スペイダーを攻めたてつつ、自分の股間を優しく触り続ける。

触りながら、十秒くらい息を止める。それを何度か繰り返すと今度は子宮が大きく呼吸しているかのように、ギューッ、ギューッと縮む。縮んで縮んで縮み切ったとき、パッと頭の中に火花が散った感覚になる。

そこで初めて恭子は息を大きく吐く。高鳴る胸を押さえるようにして何度か深呼吸する。

挿入などしなくても、女は気持ちだけで十分にのぼりつめることができるのだ。

第三章

1

集団グルメドラマ、『みんなで食べれば怖くない』の主演は若手イケメン歌舞伎俳優の五代目中村幸三郎で、彼が会社のイケメン同僚たちとランチに行くという設定があるだけのドラマだ。ターゲットの視聴者層は二十代、三十代の若い社会人の女性で、彼女たちはイケメン俳優と彼らが食べるランチのメニューを眺めていればいいだけだという。

「そこで交わされる会話なんて他愛のないものでいいんですよ。ていうか他愛のないものがいいんですよ」

プロデューサーはそう言ったが、その他愛のない会話というものがどういうものか分からず、孝志の筆はいっこうに進んでいなかった。それが最近になってようやく書き進められるようになったのは、恭子に言われた「セックスなしでもいい夫婦関係を築けないか」という言葉と、それを大地君ママやミナちゃんママに相談したときに意外と盛り上がり、大地君ママがしんみりと、「セックスがないのは寂しい」と言ったことからだ。若手イケメン俳優たちにランチを食べさせながら、そんな下ネタの話ばかりさせてやろうと思ったら急に筆が進み始めたのだ。

今日も午前中からどんどん書き進められている。今、階下で太郎の相手をしている恭子と代わって、太郎を公園に連れて行かねばならないのは午後からだから、それまでにできるだけ進めておかねばならない。

時代を反映させて、男女だけでなく、同性同士の恋愛の悩みも盛り込み、そこに多くの人がきっと知りたがっているであろう、同性同士のセックスの問題に不躾《ぶしつけ》にどんどん切り込んでいくキャラクターなども登場させると、書くのがさらに楽しくなった。

だがこんなときは不安だ。書くのが楽しいときはたいていポシャる。自分が楽しいと思っていることは、多くの人にはそうでもないということを、ある程度、この仕事で生活できる状態になってから孝志は知った。

世に出るきっかけとなった自主映画は自分のやりたいこと、面白いと思っていることを存分にやりきり、それが認められて仕事につながっていったのだが、つながった仕事のほとんどが心の底から面白いと思えるような企画ではなかった。

自分が心底面白いと思って書いたオリジナル企画はことごとく企画が通らず、入って来る仕事は売れたマンガや小説を原作としたものか、たまにオリジナル企画であっても、今回のグルメドラマのように二、三番、下手すりゃ八番、九番煎じくらいのものや、若手イケメンだけ出して、あとは適当に話を作ったようなものばかりだ。

結局、自分が本当にやりたいことをやろうと思ったら自分でお金を出して作るか、カンヌ映画祭のような権威のある場で認められるかしかないのだが、それができているのはほんの一部の作り手たちだけだ。そこにたどり着きたいともがいたこともあったが、いつしかその情熱は薄くなっていった。薄くなっていっていることが怖かったが、そこは気づかぬ振りをするしかなかった。その振りを正当化するために、生活のために仕方がないという、かつての自分がもっとも嫌っていた言い訳をするようになった。

だが今は、もしかしたらこのドラマは化けるかもしれないと思っている。

「グルメドラマの二番煎じ、三番煎じだと思って見たら、意外とエッジが効いてるじゃん！」とか「性に対する赤裸々な感じが面白い！」なんてまずはネットで評判となり、それが視聴率にもグングンとつながって、映画化の話まで来ちゃったりする……。そんな前向きな妄想まで浮かんでくる始末だ。

そして書けば書くほど、自分に向き合えているような気がした。

脚本の中でなら、いくらでも素直になれたし、自分の悪いところ、しょうもないところを直視できるのだ。

主人公に自分を投影し、同棲中の恋人からセックスを拒まれているという設定にしたのだが、恋人が拒む理由をいくらでも書くことができた。生活のだらしのなさ、仕事の言い訳、同僚への嫉妬、他の女性への目移り、自分のダメなところを書けばいいのですらすらと書ける。そして書いているうちに、恭子への接し方に対する反省までする。セックスしたくないと言われて当然だと思う。ついでに、こんなにも素直に反省をしてしまう自分もまだまだ捨てたもんじゃないとも思う。

恭子にはこの反省を言葉にしてどうにか伝えつつ、「寂しい」という気持ちを素直にぶつけてみようと思った。

こないだ公園で大地君ママがつぶやいた「セックスがないと寂しい」という言葉が、その言い方も含めてではあるが、孝志の胸を思いのほか打ったのだ。

「あんな言い方をもしも奥さんからされたら、俺なら絶対にしてやるけどな。ていうかしちゃうけどな」と思わずにはいられなかった。きっと恭子も、俺から素直な気持ちをぶつけられたら同じような気持ちになってくれるはずだ。

そう思うと、孝志はなんだかとてもセックスがしたくなってきて、こんな気持ちのままでは書き進められないから一本抜いておこうと、エロ動画を再生してズボンを脱いだ。いや、それよりも、鉄は熱いうちに打てではないが、自分がこんなにも素直な気持ちでいる今、恭子にこの気持ちを伝えるべきだろう。時間がたつと、また素直な気持ちというのがどこかに行ってしまうかもしれない。

孝志は脱いだズボンをあげると階下におりた。

居間に入ると、今日は恭子が相手でも勉強に難航しているらしき太郎がゲームをしたいとぐずっている。

「あの、ちょっといい」

「今、勉強してんでしょ。目に入らない？」

ただでさえ恭子は、孝志が太郎の勉強の相手ができないことへの不満を持っているというのに、今、声をかけるべきではなかったが、でも恭子のその言い方には腹が立った。

思わず何か言い返してしまいそうになるところを我慢して孝志は言った。

「あ、ごめん。あの、今晩、時間ある？　ちょっとこないだのことで……」

「だからあとにしてよ。ほらちゃんと問題読んで！　読んでないからできないの！」

恭子が太郎にきつい言い方をしているということは相当機嫌の悪い証拠だ。

「うん、ごめん。じゃ、夜に」

孝志は部屋を出た。

せっかくこっちが素直な気持ちになったというのに、ああも邪険な扱いをされると（確かにタイミングは悪かったのだが）素直な気持ちが早くもぶっ飛びそうになったので、孝志はやっぱりオナニーの続きをしようと思ったが、すでにそういう気持ちにもなれず、もう一度脚本の世界に戻って、どうにか先ほどの恭子に対しての素直な反省の気持ちを思い出そうとした。だがなかなか集中力は戻ってこなかったので、またやっぱりというのか仕方がなくというのか、何がやっぱりで何が仕方がないのか分からないが、ここはオナニーでもしておこうと、エロ動画を再生するとズボンを脱いだ。

その晩、太郎に絵本を読み聞かせながら寝かしつけていると、今日はこのまま恭子との話し合いをなしにしてもいいかと思うほど猛烈に眠たくなってきたが、自分から話し合いを提案しておいて、勝手になしにすると（そもそもあのあとそのことについて話していないから、本日話し合いを持つかどうか未確定ではあるのだが）、あとになってそのことに関しても突っ込みが入るかもしれず、やはり今日しておこうと結論付け、午前中に抱いていた「寂しい」という気持ちを今一度振り絞って思い出し布団から出た。

オナニーをしてすっきりした気分になっていると、「寂しい」という気持ちもずいぶんと薄れてしまっている気もするが、これは一時的なもので、また必ずや寂しい気持ちが襲ってくることは容易に想像がつく。だからやはり、今その気持ちを素直に恭子にぶつけたほうがいいのだ。

居間を覗くと、恭子はパソコンに向かっていた。

「あの……ちょっといいかな」

孝志が恭子の背中に声をかけると、恭子は振り向いた。

「何？」

「こないだのあれ……話せないかなと思って。ほら、午前中に話そうとしたけど、太郎の勉強見てたから」

「ああ。今じゃなきゃダメ？」

「え……まあ、あの……ちゃんと考えてみたし。恭子に言われたこと」

脚本の作業が乗っていたのかどうかは知らないが、恭子は小さくため息をつくと「分かった」と言った。

「で、何？」

「うん、あの……まずはこないだのこと……本当にごめん」

孝志は、まずは先日のレイプ未遂に関してできる限り神妙な表情を作って謝罪した。

「あのさ」

恭子は言葉を区切ると孝志を見つめた。

「ああいうことされて喜ぶ女、多分どこにもいないよ。犯罪だからね」

「うん。本当に……ごめん」

と言いつつも、以前は喜んでレイプごっこもしてたじゃねえか、この野郎、と言いたくなるのをグッと我慢した。

「いいよもう。それで？」

「それで……考えたんだけど」

今度は孝志が恭子の顔をじっと見つめた。次のセリフはしっかりと恭子の目を見つめて言わねばならない。きっとこれがドラマのワンシーンなら俳優にも「相手の目を死ぬほど見て！」と演出するに違いない。

「やっぱり俺は、セックスがないのは嫌だ」

孝志はきっぱりと言った。

恭子は孝志の顔を見つめている。

二人がこうして見つめ合うのはどのくらいぶりだろうか。

先に目をそらしてはいけないと思ったが、恭子もそらしてこないので、耐えきれず孝志からそらしてしまった。なんとなく負けた気がしながらも、とにかくここは下手くそでもいいから誠実に自分の本心を伝えるだけだ。

「俺はセックスがしたいです」

「……」

「……恭子と」

結果としてそういう言い回しになってしまった倒置法で何を誤魔化したのか、強調したのか自分でもよく分からないが、やや慌てて恭子という名をつけてしまったような気がする。だから誤魔化したのだが、その慌てた感じを早く打ち消すためにも孝志は間を置かず話を続けた。

「もちろん恭子が言うように単なる性欲でしたいっていうのも正直あるけど……。でもそれだけじゃないから。やっぱり……なんていうか……せめて月に一度くらいだけでもセックスをしてこそ愛し合ってるっていうか……」

たどたどしい話しっぷりは半分が芝居で、もう半分は本気と言うのか、どうにか言葉を選びながらの結果だ。

恭子は依然黙って聞いている。

「やっぱり結婚したばっかりの頃とかそうだったし……なんていうかそうしてきたことで、『俺たち夫婦って愛し合ってる』……っていう実感っていうか……まあ実感っていうより誇りのようなものが持てたんだよね」

これは本心で、孝志は周囲の「嫁さんとはぜんぜんできないなあ」などと言う連中を、ちょっとカッコ悪いと思っていた。レスならレスでも構わないが、妻とはやれないということを声高に言う必要はまったくないし、妻のほうだって「旦那とはやれない」と思っているに決まっているのだ。

「でも、ぜんぜんなかったじゃん。この半年くらい」

恭子がようやく口を開いた。

確かにその通りで、その半年、孝志にはマリモがいたから、恭子に無理にセックスをお願いすることはなかった。

「そうだけど……ほんとはこの半年の間にももちろんしたかったけど……拒否されるのが怖くなっちゃったし……それでなんとなく求めなくなっちゃったけど……やっぱりそれが俺的にはなんていうか……何か大切なものを失ったみたいな感じで……」

脚本家失格のようなありきたりなセリフは口に出すのが少々躊躇われたが、でもこんなときくらいしか言えない。

「だからそういうのが執着って言うんじゃないの」

なかなか手ごわい恭子に、孝志はやはり「寂しさ」を奥の手にとっておいて良かったなと思った。

「そうかもしれないけど……ただ……その、恭子に触れられないっていうことが……こんなにも苦しくて……寂しいとは思ってもみなかったから」

黙り込んだ恭子を見て、孝志は自分のセリフが功を奏した手ごたえを感じた。ゴミのようなプライドは捨てて、こんなにも素直な気持ちを恭子にぶつけたのはいつ以来か。もしかしたら初めてかもしれない。そう思うと、どこまで自己愛が強いのかと自分で自分に突っ込みたくもなるのだが、一瞬目頭が熱くなりかけた。

「でもそれって……」

ようやく恭子は口を開いた。

「なに？」

「付き合い始めた最初の頃の感じに戻りたいだけじゃない？　でもあの頃だって……あたしがあなたのこと大好きすぎて、あなたはなんか余裕な感じだったし。なんかうまく言えないけど」

「いや俺だって好きだったよ」

そう言いながら、恭子の言うことは理解できた。恭子からの積極的なアプローチがあって付き合い始めたから、なんとなく常に孝志のほうに余裕があった。その安心感にあぐらをかいていたことは否めない。

「それにあの頃とはあなたもあたしもずいぶん変わっちゃったじゃない。あんな気持ちに戻るなんて無理よ」

「いや別に、あの頃の気持ちに戻ろうって言ってるわけじゃないけど」

「でもそう聞こえるもん。セックスなしで新しい関係を求めていけない？」

「いやでも……」

想像以上に手ごわい恭子に孝志は打つ手がなくなった。「寂しい」という素直な気持ちをぶつければなんとかなると思っていたが、ちょっと甘かったのかもしれない。

「いや確かにもうあんな付き合い始めの感覚は戻ってこないだろうけど……俺だって正

直……今、あんまり思うようには……仕事も来てないし……言ってしまえば落ち目って言うか……それは恭子も気づいてるとは思うけど……」

気が付くと、「寂しい」という気持ちよりももっと素直な気持ちを孝志は話し始めていた。

「でも……なんていうか……こういうときこそっていうと虫が良すぎるけど……結婚して十年もたてばそりゃ仕事だって順調じゃないときはあるだろうし……夫婦の関係だって今みたいにグダグダにもなっちゃうんだろうけど……でも今からが……グダグダになってからが夫婦は本当の勝負なんじゃないかって……気もするんだけど」

考えていた言葉ではなかったが、言いながらこれはなかなかいいセリフなんじゃないかと孝志は思った。

「グダグダになってからがスタート」これはいつか脚本にも使えるかもしれない。

恭子もまた黙って孝志のその言葉を聞いている。

「だから……このグダグダからまた新たな夫婦関係を始めるために……」

「ために？」

「ために……セックスしたい」

しかしいいセリフだとは思ったが、なんでここまでしてお願いせねばならないのだという気持ちも少しだけ湧き上がってくる。

その気持ちを見透かしたわけでもないだろうが、恭子は大きなため息を一つついた。

「だからその新たな夫婦関係を始めるためにセックスなしでもって言ってるんだけどね」

恭子は「わかんないかな～」とでも言いたげに少々呆れたように言った。

「ねえ、聞きたいんだけどなんでそんなにあたしとしたいの？　なんか上から目線で悪いけど」

「え……だから今言ったように……」

孝志はその理由を今ずっと言っていたつもりだった。

「嘘くさいのよ。あなたが言うと」

「どういうこと……」

「すべてがセリフっぽいの」

あまりにも図星な言葉だった。恭子も女優をしていたわけだし、今は脚本を書いてもいるのだから、見破られて当然なのかもしれない。

「それにあたしの身体なんか、飽き飽きしてるでしょ？」

それもまったくその通りであるだけに、返答に窮してしまう。

「あたしだって孝志の身体に飽き飽きしてるもん。だから風俗行ってもいいって言ってるんだよ？」

「ほんとに……行っていいの？　いや風俗に行きたいって意味じゃなくて」

「だからバレないようにしてくれたらね」

「じゃ、恭子もバレないように他の人とするのかよ。そっちだって俺には飽き飽きしてるってことは」

恭子は少し黙ってから「今は……しない」という微妙な言い方をした。

「なんだよそれ……今はしないって」

素直すぎる恭子の反応に、孝志の脳裏には二階堂の姿が咄嗟に浮かんだ。

「互いに他の人としてうまくいくわけがないだろ」

「だからすぐなんて言ってないじゃん」

「そういう相手がいるのかよ」

「いないよ」

無駄な口論だ。いたとしても認めるわけがない。思わず二階堂の名前を出してしまいそうになったが、それは踏みとどまった。その名前を出したあとの恭子の反応を見たくなかった。正確には見るのが怖かった。

孝志が黙っていると、恭子はまたため息をついて、「じゃあ……少し考えさせて」と言った。

孝志は「うん」とも「分かった」とも答えられず、ただ黙っていた。もしかしたら何か怖い答えを聞くことになるかもしれないと、少し思っていた。

2

孝志が出て行くと、恭子はパソコンに向かったが、脚本には集中できなかった。先日までの自分だったら、また貴重な執筆時間を無駄にしやがってと怒りが湧いてくるところだが、今はそういう感情にはならない。

セックスなしでもいい夫婦関係を築けないかという自分の提案を、孝志なりに一応は真剣に考えてくれたことが、若干クサいセリフに聞こえなくもなかったが、伝わってきた。

孝志としたいとはまったく思わないが、あそこまで言う相手にセックスを我慢させるのは、もしかしたら悪いことをしているのかもしれないと思ってしまった。思ってしまってから、慌ててその考えを打ち消した。

とにかくここでまたなし崩し的にセックスしてしまっては、永遠に今の夫婦関係を変えることはできないだろう。ただ、だからと言って、セックスしないことがいい夫婦関係を築くことになるのかどうかは正直よく分からない。

「はぁ……」

恭子はため息をついた。劇団の女優時代の嫌な記憶が蘇ってくる。

小劇場ではある程度名前が売れて、深夜ドラマのちょい役や映画の端役で映像作品にも少しだけ呼ばれ始めたが、どうしてもそれ以上の存在になれずに焦っていた頃だ。ほとんどセックスだけが目的で近づいてくる監督やプロデューサーと、何度か寝たことがある。その場しのぎの「好きだ」に押されてさせてしまった。「お願い、お願い」とふざけた調子でも懇願されると断れなかった。

セックスしているその時間だけは好きだと何度も言われてなんとなく心も身体も満たされるが、そのあとにやってくるのは強烈な虚しさだった。その虚しさを埋めるためにまたセックスをしたりした。

結局その延長のような形で孝志と結婚してしまったのかもしれない。そう考えると、自分という人間の浅はかさ、底の浅さを思わずにはいられなくなり、とことん落ち込みそうになるから考えるのをやめた。脚本にはもう集中できそうにないので、酔っぱらってしまおうと思って、恭子は冷蔵庫からストロングの缶酎ハイを出した。

「少し考えさせて」と孝志に言ってから一週間ほどたったが、考えたのか考えていないのかもよく分からないまま、その問題は放置していた。というか放置せざるを得なかった。

太郎が外に遊びに出ることを嫌がって、家でずっと恭子のあとばかりくっついて来るようになってしまったのだ。外に出るのを嫌がり出した理由はコロナのことが関係しているのかどうかは分からない。

本人は「コロナが怖いから！」と言うが、それを信じることがどうしてもできない。孝志の脚本執筆も忙しくなり、親が二人で執筆していると、太郎はいつも恭子にだけ「遊んで、遊んで」とせがんだ。お友達が公園にいるよと言っても出て行かない。あるとき、遊ぼうとせがんでまとわりついて来る太郎をイライラして突き飛ばしてしまったこともあった。

激しい自己嫌悪に陥り、暴力をふるってしまうよりはと、最近は何時間もゲームをさせてしまっている。

「遊んで」と言っていたくせに、ゲームを与えると太郎は喜んでそっちに飛びついていく。恭子と孝志が互いの脚本執筆にとりかかっている間、ほとんどゲーム漬けになっているが、恭子も孝志も見て見ぬ振りをした。

「家でグズグズしてたらゲームができると思ってんじゃないのかな、こいつ」

そんな太郎を見て孝志は言う。だったら外に連れ出してくれればいいのにと思うが、それはしない。自分もあまり連れ出せないから孝志のことばかり責められないが、目を爛々《らんらん》と輝かせてゲームをしている息子を見ていると、どんどん太郎が壊れていきそうで、それを見るのが辛いのもあって見て見ぬ振りをしていたのだが、あるとき、恭子はついにゲームを取り上げた。孝志のようにずっと見て見ぬ振りはできなかった。

ゲームを取り上げられた太郎は案の定、癇癪を起こした。その癇癪の度合いが以前よりも明らかに激しくなっている。

チンパンジーのように歯をむき出してヒステリックに、「返せ！　返せ！　返せ！」と喚き続け、そこらじゅうにあるものを投げたり、自分で自分の頭を叩いたり、最後には恭子にも殴りかかってくる始末だ。その姿は悪霊にでも憑依されたのかと思うほどで、恭子はちょっとした恐怖心すら抱いた。もしかしたらこのまま放っておけば、家庭内暴力が始まるかもしれないとかすかにだが思った。

発達障害の療育に通わせている柚希ちゃんママに連絡を取ってみると、効果が表れているのかどうかは分からないが、少し落ち着いてきたことと、少なくとも療育の場に行くことを楽しみにしているということを教えてくれた。柚希ちゃんの通っている療育教室に通わせたいが、定員オーバーで順番待ちの状態らしい。

恭子は藁にもすがる思いで、以前オンラインで相談に乗ってくれた先生が教えてくれた、区の発達支援センターに電話をしてみた。

恭子は最初こそ「そんな大げさな話ではないのかもしれませんが」とか「自分がナーバスになりすぎているのかもしれませんが」などと枕詞をつけて太郎の様子を説明して

いたのだが、話せば話すほど自分が感じていた以上に太郎の症状にダメージを食らっていることを実感した。

息子は毎日のように癇癪を起こして暴れ、自分の頭を殴る自傷行為だけでなく、母である私のことも殴り、そのせいで青あざができたりもしている。そんな毎日に親子共々かなり疲弊していることを吐露し出すと止まらなくなってしまった。

窓口の担当者は恭子の話を遮らず、太郎の行動、症状を丁寧に聞いてくれて、相槌の合間にも、「大変でしたね」と言ってくれた。それだけでも涙が零れてきた。

担当者が言うには、従来なら面談の予約を取り、まずは親の面談をし、その後に子供含めての面談で判断し、必要があれば小児心療内科に診断書などを作成してもらう。その後利用計画を作成し、受給者証を申請、発行し、受給者証ができてからようやく支援のサービスを受けることができるようになるらしい。

「ですが今はコロナの状況もあって、当面は面談を中止してるんです」

申し訳なさそうに担当者は言った。

だが恭子は食い下がった。せっかくここまで話したのだ。おいそれとは引き下がれない。もう一度太郎の症状や、親子共々限界にきていることを泣きながら伝えた。本物の涙なのか芝居なのかよく分からないが、たやすく涙が出てくる。

担当者は「分かりました。少々お待ちください」と絞り出すような声で言うと、保留音が流れ始めた。

十分以上はその保留音を聞いただろうか。恭子が少しイライラし始めた頃に「お待たせして申し訳ございません」と担当者が戻ってきた。

「上司と相談しました。イレギュラーなんですが、申請と小児科受診と療育施設探しを同時に行いましょう。とりあえず、大山さんのご自宅から通える放課後デイサービスが五つほどあります。施設はどこも小規模なんですが、実は今、施設の利用者でコロナを怖がって家から出られない子もいまして、もしかしたら空きがあるかもしれません。問い合わせてみてはいかがでしょうか?」

「ありがとうございます!」

かすかに希望の光が見えたような気がして、恭子は思わず大きな声でお礼を言った。

「でも、確率は低いかもしれません。今、通いたい子が本当に多いんです」

担当者がまた申し訳なさそうな声で言った。今はどの学校にも一クラスに二、三人はそのような子がいると聞いたことがある。苦労している親と子がたくさんいるのだろう。

電話を切ったあと、恭子は教えてもらった五つの施設に片っ端から電話をしてみたが、やはりどこも定員でいっぱいだという。話だけは先ほどの担当者のように優しく聞いてくれるのだが、通えなければ意味がない。

だが最後の一つ、「スマイル」という名前の療育施設が、コロナを怖がって来られない子が一人いるとのことで、この子が来ない間だけになるかもしれないが迎えられないことはないと言われた。

恭子は天にも昇るような気持ちで翌日に面談の約束を取り付けて電話を切った。

「え、行くの？　そういうの、休校明けとかでもいいんじゃないの？」

孝志に「スマイル」を訪ねてみることを話すと、そんな答えが返ってきた。その言葉は、なんとなく想像していたものだった。

きっと孝志は太郎の症状をまだ本気で受け止めていないか、義母同様に自分の息子に発達障害という診断をつけて欲しくないと思っているのだろう。

発達障害は（まだ診断がおりたわけではないけれど）、肉体の障害や知的障害などのように、分かりやすく表に出るものではないから、親も育てにくさを感じる。それが虐待などにつながっていってしまうこともあるのだ。

「別にいいよ、私一人で行ってくるから」

恭子がそう言うと、孝志は「いいよ、一緒に行くよ。俺も把握しときたいから」と言った。だが面倒くさそうな様子は隠しきれていない。

「自分の息子のことなのに、どうして？」と問い詰めたかったが、今は、いちいちそんなことを孝志と議論する気にもなれなかった。きっと自分の脚本執筆のことと、セックスのことしか頭にないのだろう。

「スマイル」は自宅から自転車で二十分くらい走った、古い雑居ビルの二階にあった。

「なんか……ずいぶん古いビルにあるんだね」

雑居ビルを見るなり孝志は言った。何事もまずは外見から判断しがちな孝志らしい一言に恭子はカチンときたが、面談前に口論になりたくもなかったので黙っていた。

部屋の中は、小学生向けの塾にちょっとした遊びのスペースの場もあるような空間で、狭かったが清潔感はあり、きちんと整頓されている。

面談をしたのはニコニコと優しい笑顔を浮かべた木村《きむら》さんという年配の女性だった。

恭子はこの休校期間中に太郎の癇癪が激しくなり、近頃は暴力までふるうようになってきたという状況と自分が実感している恐怖心なども素直に話すと、木村さんは「分かる、分かる。心配になっちゃうよね」と受け入れるように聞いてくれる。

だが孝志がいちいち、「そこまでじゃないよ。ゲームとか取り上げると、ちょっと癇癪起こすんですよね」などと、恭子の言うことをなるべくソフトにして木村さんに伝えようとする。

「あなた何も見てないじゃない。口出さないでよ」

思わず恭子は言ってしまった。

木村さんはニコニコしたまま「まあまあ」と取りなしてくれて、「お父さんから見て他に何か気づくことはありますか?」と聞いた。

孝志はヘラヘラと「まあ確かに勉強は嫌がるんですよねえ。僕はやっぱり少しイライラして怒っちゃうこともあるんで、勉強はだいたい母親とやりたがるんですけど」と言った。結局その程度のことしか言えないのだ。

孝志の言葉を引き受ける気などないが、恭子は続けて話した。

「他には自分の予定通りにいかないときも癇癪が激しいですし、友達やお客さんに過剰にベタベタしたり、一方的に自分の興味ある話だけしたり……。あとは……何か友達とゲームとかカルタとかして負けると怒っちゃうって言うか、ルールをうまく覚えられないんです。それで自分ルールを勝手に作って、それが受け入れられないとまた癇癪起こして、『もうやらない！』って放り出しちゃうこともあるって保育園の先生から言われたこともありました……。あとは、ちょっとバカにされたような……うんこちゃんとかって言われると、もう友達やめるなんて怒り狂ったり」

木村さんは「うんうん」と心地のいい相槌を打ちながら聞いてくれた。

「そういう子たちは、何か物事の見通しが立たないとっても不安を感じる傾向があるのよね。怒りをコントロールできないのもよくある症状の一つなの。本人もとても困っているのよ。それで自分はダメな子なんだって自己否定しちゃう子もいるの。それに普通の子なら分かる冗談なんかも理解が難しいのよね。言葉通りに受け取っちゃうからトラブルになっちゃうことが多いのよ」

木村さんは、まるで太郎のことを知っているかのようだと恭子は思った。

「勉強しないとゲームなしとか言ったりしてない？」

木村さんが質問した。

「あ、言っちゃいますね、それ。そういう約束だけはしようと思って」

孝志が答えた。

「そうするとね、ゲームなししか頭に残らないこともあるのよね。ほんと難しいわよね」

そう言いながら笑顔を絶やさない木村さんと話していると、自分のことも太郎のことも全肯定してもらえたような気持ちになり、恭子は心がスーッと軽くなっていくのを実感できた。

「この人は私の不安感を分かってくれる。太郎のことも理解してくれる」と思えた。

「電話で聞いたと思うけど、コロナを怖がっておうちから出られない子が一人いるのね。だから木曜の夕方なら一人空きがあるから通ってみますか？」

「お願いします！」

恭子は二つ返事で答えた。

「でも本当に大変でしたね、太郎君もお父さんもお母さんも」

木村さんのその言葉に、恭子はまた涙が滲みそうになったが、孝志はヘラヘラと笑みを浮かべているだけだった。

帰り道、孝志は「とりあえずよかったね」とか「木村さん、優しそうな人だよね」などと言っていたが、恭子は無言で自転車を漕いだ。

孝志の太郎に対する楽観的な見方に苛立ちがふつふつと湧いていた。

やはりこの人は楽なところでしか育児をしていない。大変なところはほとんど私に丸投げだから、太郎をちゃんと見られていない。心の底から、この人には絶対に頼れないと恭子は思った。

3

恭子は「スマイル」を出てからまったくしゃべってくれない。

孝志は恭子に少し遅れて自転車を漕ぎながら、その無言の背中がちょっと怖かった。

恭子が話してくれない原因は、自分の「スマイル」での振る舞いにあるのは十分に分かっていた。

孝志はなるべく太郎の症状を軽いものと思いたかった。それが態度にはっきりと出てしまった。そういう態度になっているのは自分でも分かったのだが、分かっていてもどうしようもなかった。

恭子がそうとうに思い詰めているというのも薄々感じていた。執拗に「遊んで」とまとわりつく太郎に対しての当たりが明らかにきつくなっていたからだ。だが見て見ぬ振りをしてしまった。

ここ数日、グルメドラマのシナリオ執筆が順調だったので、そのピッチをゆるめたくなかったのだ。

シナリオ自体は「スマイル」に行く前日、つまり昨日、なんとか脱稿したのだが、本当はあと二、三日粘りたかった。久しぶりにいいものが書けている手ごたえがあっただけに、太郎を恭子に任せ気味になってしまったが、自分の納得いく形で脱稿してから、療育でもなんでも相談に行こうと思っていたし、恭子にもたっぷりとシナリオ執筆の時間を取ってもらって、外に出るのを嫌がるようになってしまった太郎をどうにか連れ出して遊ばせようとも思っていた。いろいろと考えてはいたのだ。

だからあと数日、自分が脱稿するまで「スマイル」に行くのを待ってほしかったのだが、結果的には今日行っておいて良かったのだろう。恭子はなにも話してくれないが、明らかに心が軽くなっているようだ。

「でも、ほんと良かったね、今日行っておいて。恭子の言う通りだったよ」

「スマイル」での態度の反省も込めて、孝志は前を行く恭子に並びかけてそう言ってみたが、返事もなく、やっぱりこちらを見てもくれない。

数日前の「考えさせて」と言っていた件に関しては、「スマイル」での態度が明らかにマイナスポイントになってしまったが、シナリオの初稿もプロデューサーに送ったし、明日から太郎の面倒を見まくって挽回しようと孝志は思った。

「とりあえず、俺のほうはシナリオも一段落ついたからさ、明日から太郎をどんどん外に連れ出すよ」

孝志がそう言うと、「スマイル」を出てから初めて恭子は孝志を見た。

「何言ってんの。さっさとそうしてほしかったよ」

恭子は冷たく言い放つと、心なしか自転車を漕ぐスピードをあげた。

せっかく下手に出て言っているのに、恭子のその言い草に少しイラッとしたが、先ほどのような振る舞いではそれもしょうがないだろうと思い我慢した。

家に戻ると、留守番をさせていた太郎が、爛々と目を輝かせてゲームに夢中になっている。

「太郎、公園行こう。いい天気だよ。ゲームはたっぷりしたでしょ。ほらパパと公園行こう」

恭子へのアピールも込めて声をかけたが、ゲームに夢中の太郎の耳には入っていない。

「ほら、パパが公園連れて行ってくれるってよ、珍しく」

恭子が嫌味っぽく言った。

公園に連れて行くことなどそれほど珍しくもないし、子供にそういう言い方をしなくてもいいだろうとまたカチンときたが、孝志はここも耐えた。

「太郎、行こ。行くよ」

「ヤダ。公園、ヤダ。面白くない」

「なんでよ、大地とかいるかもしれないよ」

「ヤダ」

太郎はゲームから目をそらさず頑なに拒む。

「あたし、二階でシナリオやってていいの？　ホントに太郎のこと任せて大丈夫なの？」

恭子はまた嫌味な言い方をしてきたが、「いいよ」と孝志はこたえた。

恭子が二階にあがってしまうと、孝志はすかさずスマホをチェックした。もしかしたら、昨日送ったシナリオに対してプロデューサーの代々木《よよぎ》からなにかしらフィードバックが来ているかもしれないと思ったのだが、まだ何も来ていなかった。

「太郎、行こう、ほら」

孝志はスマホでそのままSNSなどを見ながら言った。だが当然そんな心ここにあらずな言い方で太郎が動くはずもない。

恭子が二階にあがってしまったのをいいことに、孝志はそのままスマホを見ていると、あっという間に三十分が過ぎ去ってしまった。

「え、何、まだ行ってなかったの？　ていうかまたスマホ？」

突然おりてきた恭子にも、スマホをいじっていたせいで気づかなかった。

「あ、いや、ちょっと仕事の連絡来ちゃって」

「そんなのあとで返信すればいいでしょ。ほんと依存症だよね」

恭子は捨てゼリフのように言うと、お茶の入ったペットボトルを持ってまたあがっていった。

「太郎、ほんとにもう行くよ」

太郎は反応もなくゲームに夢中だ。

「ほら太郎！」

孝志はイラッとして少し大きな声を出してしまった。それでも太郎は無視するようにゲームに夢中になっている。

恭子に嫌な言われ方をされたこともあり、孝志はカッとしてテレビの電源プラグを引きちぎるように抜いた。

一瞬、呆然とした表情を浮かべた太郎は、次の瞬間「つけろ！　つけろ！　ゲームつけろ！」と喚き出した。

「ダメ！　外行くの！」

「行かない！　絶対行かない！　行かない！」

喚く太郎に腹が立った孝志は思わず手が出そうになったが、なんとか我慢した。だが太郎のこの声は二階にいる恭子にも聞こえてしまうだろう。このままでは「やっぱりあいつは太郎を見ることができない」とまた思われてしまう。

「分かった。なんか買ってやる。ゲーム買ってやる。こないだブックオフで太郎が欲しがってたやつあっただろ。『スマブラ』」

「ウソだね！　どうせ買ってくれないよ！　俺、知ってるから！」

今までも散々こうした手を使ったが、本当に買ってやることはめったになかったので、太郎もなかなか言うことを聞いてくれない。

「絶対買ってやる。約束する」

孝志は太郎の頰を両手で包み込むようにして、目を覗き込んで言った。

「ほんと？　絶対？　絶対だね？」

太郎は孝志の手を邪険に振りほどいた。そのことにまた孝志は頭に血がのぼりそうになったが、「絶対買ってやる。そのかわり公園でも遊ぶんだよ」と強めの口調で言った。

「分かった。絶対、ぜーったいだからね」

太郎は目をひんむいて言った。我が息子ながら、その目にはなんだかかすかな狂気のようなものが漂っているように見えて、怖くもなり悲しくもなった。

嫌がる太郎にどうにかこうにかマスクを着けさせてようやく家を出ると、駅前のブックオフに行った。お目当ての『大乱闘スマッシュブラザーズ』というゲームを買ったが、太郎は他の様々なゲームに目移りしてなかなか店を出ない。

これはいつものことだ。今がそのいつもならば、孝志も太郎をほっといて立ち読みでもしているのだが、今はコロナの影響で立ち読みが禁止されている。

店内にいても退屈なので、太郎をひっぺがすように店から出て公園へ行った。

公園は相変わらず親子連れで賑わっている。大地君とかミナちゃんでも来ていないかとウロウロしてみたが、太郎の知っている子は誰もいなかった。

「大地もミナちゃんもいないねえ」

孝志がそう言っても、太郎はもう買ったばかりのゲームの話に夢中だ。

「俺、ドンキーコング使いたい。強いんだよ、コング。アッパーすげえんだよ。大地んちでやったとき、俺、アッパーだけでみんなぶっ倒したんだよ。マジつええよ、コング」

『大乱闘スマッシュブラザーズ』というゲームはこれまでに任天堂が発売したゲームのキャラクターたちが一堂に会して戦うゲームらしいのだが、孝志はほとんど知らない。

だが太郎はそんなことはお構いなしに話し続ける。

「挑戦者が出てきて勝ったら、そいつも使えるようになるんだよ。パパ、ルイージ使えばいいじゃん。けっこうつえぇよ」

「太郎、パパそのゲームのこと知らないよ。ゲームは帰ったらやればいいから、今は公園で遊ぼう」

「でも、大地はカービィばっか使うんだよ。チョー弱いんだよカービィ。俺、マジでボコボコにしてやったんだよ」

太郎は興奮すると、自分の興味のある話だけを延々として相手の話をまったく聞けなくなってしまうのだ。

「分かったから今、ゲームの話はいいよ。何して遊ぶ?」

「パパは何使う? カービィとマリオはやめたほうがいいよ。マジで弱いから」

「いいよ、太郎、やめろ! ゲームの話はやめろ!」

孝志はとうとう公園で大きな声を出してしまった。幸い周囲で騒がしく子供たちが遊んでいるので目立つことはなかったが、それでも近くのお母さんたちが数人こちらを見ていた。

分かっているのかいないのか、太郎は孝志に向かって話すことはやめたが、今度は手に持ったゲームソフトに向かって何やらブツブツと言い出した。

「ねえ、何して遊ぶ、太郎?」

「知らない。パパ、考えて。俺は公園なんか来たくなかったんだから。ゲームしたいだけなんだから」

太郎は眉毛を八の字にして、半泣きのすねたような声で言った。さっきの大声で、こうなってしまったのだ。

「ああ、面倒くさい……」

声には出さなかったが、そう思わずにはいられない。帰ってゲームをさせておけば楽だが、家から連れ出してまだ四十分ほどしかたっていない。こんなに早く戻ったのではまた恭子をイラつかせるだけだ。恭子にどう思われるかが真っ先に頭に思い浮かんでしまうのは我ながらいかがなものかと思うが、こうなってしまった太郎の気持ちを取り戻すのは至難の業なのだ。

「パパも知らないよ。でも、まだおうちには帰らないからね。ちゃんと公園で遊ばないとゲームはなし」

「なんで⁉　ねえ、なんで⁉」

太郎は目をひんむいて食って掛かってきた。

孝志は禁句を言ってしまった。「ゲームなし」と言うと、その事実だけが頭に残り、太郎は取り乱してしまうのだ。ついさっき「スマイル」の先生に言われたばかりだというのに、イラッとすると口から出てきてしまう。

「ズルいよ、やっぱりそう言い出すと思ったよ。なんで、なんで。ズルいよ、パパはズルいよ」

「ズルくない。ズルいのは太郎だよ。公園で遊ぶ約束したからゲーム買ったんだろ。太郎が何をしたいか考えて。鬼ごっこでもなんでもいいから。絶対まだおうちには帰らないからね」

「だから嫌いなんだよ、パパは。だから公園行きたくなかったんだよ。もう絶対にパパとは行かない。一生話さないよ」

スネてこういう物言いをするのもいつものことなので、孝志はしばらく放っておこうと思い、ズボンのポケットからスマホを取り出した。太郎は冷静さを取り戻すのに時間がかかるし、孝志もスマホでも見て気分をそらさなければ、太郎にもっとひどいことを言ってしまいそうだ。

「ほーら、自分はスマホだ。ママに言ってやろ。パパはすぐスマホだって」

孝志が太郎の前でスマホをいじることを恭子は嫌がる。それをいちいち太郎の前でも咎めるから、太郎もこういう物言いをするようになったのだ。そのことも今の孝志のイライラを増長させる原因だ。

孝志は無視してスマホの画面を見た。その瞬間に、心臓がドキンと音をたてたかのように脈打った。グルメドラマのプロデューサーである代々木からメールが来ていたのだ。台本の初稿を送ったあとに、プロデューサーからの打ち返しのメールをもらうときはいつも緊張するが、今回の緊張感はここ最近の仕事では特に大きい。久しぶりに成立しそうな仕事ということもあるが、何より面白いものが書けたという手ごたえがあった。だからいつもより余計に認められたい。

　孝志はドキドキしながらメールを開いた。目の前で太郎がブツクサ言っているが、もうまったく耳に入って来ない。

『大山様　脚本ありがとうございます。拝読しました。面白くは読んだのですが、やや企画とニュアンスが合わないかなと思いました。下ネタでは想定の視聴者がひいてしまう可能性があります。ちょっとご相談もありますので、後ほどお電話します』

　三秒ほどで読み終わり、孝志は身体中の力が抜けるほどがっかりした。なんなのだこの簡素すぎるメールは。面白く読んだとあるが、面白ければこんな内容のメールになるはずがない。

　身を削って書いたものが世に出ないことがほぼ確実となると、ダメージはかなりある。世のプロデューサー諸氏はそのことを理解しているのだろうかと思うが、プロデューサーや監督側からすると、待ちに待っていた脚本がつまらないとひどくがっかりするのだそうだ。

「でもそれは、自分を否定されたわけじゃないだろ！」

　書いた側としては声をあげてそう言いたい。ダメージの比率は脚本家とは比べ物にならないはずだ。

後ほど電話で相談したいこともあるとメールには書いてあるが何を話すというのだ。想定している二十代、三十代の女性視聴者がどんなものを求めているのか講義を聞くことになるのだろうか。それも嫌だが、今回書いたものは、そんなものを打ち破って、「やりましょうよ、このホンで!」と言われるくらいの可能性はあると思っていただけに落ち込みは激しい。内容には一言も触れられていないそのメールを読み返すと、代々木プロデューサーはあのシナリオに足の小指の爪の先ほどのひっかかりもなかったのだろう。

太郎はまだグズグズと何か言っているが、今この瞬間、孝志の頭の中は、シナリオの初稿が認められなかったことでいっぱいで、太郎のことはほとんど目に入っていなかった。

そのとき手に持っているスマホが震えた。着信画面には代々木の名前が出ている。まさかこんなに早くかかってくるとは思っていなかったので、孝志の心臓は先ほど代々木からメールが届いたときの何倍ものスピードでドキドキし始めた。

十秒ほど待ってから、一度深呼吸をして孝志は電話に出た。

「あ、もしもし」

「ああ、もしもし。今、大丈夫ですか?」

代々木はなぜだか少し焦っているかのような雰囲気で言った。

「大丈夫ですよ」

「読みました、台本。さっきメールも送ったんですけど」

「あ、そうなんですか。すみません、ちょっと今、子供と公園で遊んでてまだ確認できてないんですけど……」

孝志は咄嗟にそんなウソをついた。

「ああ、大変ですよね。俺もリモートが多いんで毎日公園行ってます。もう嫌になりますよね、子供の相手も」

「ですよね」

そんな近況はどうでもいいし、焦ったような声で電話をして来たのだからさっさと本題に入ってほしかった。

「で、あの、台本なんですけどね……」

歯切れ悪く代々木は話題を変えた。もしかしたら想像以上に嫌なことを聞かされるのかもしれない。孝志は身構えるように心の準備をした。

「あの、言いづらいんですけど、台本の中身がどうというより、今回、撮影を見送ろうということになっちゃいまして……」

「え……」

「こういう状況ですし、とりあえず再放送でしのいで、仕切り直したほうがいいっていう上の判断で」

「……」

それはいつ決まったことなのか。昨日今日にそんな話が出るわけがない。少し前からその可能性は検討されていたはずだ。それを脚本があがったタイミングで言うのは卑怯だ。とりあえず書くだけ書かせておいたほうがいいと代々木が判断したのだろう。

「どうしてもっと早く言ってくれなかったんですか！」そんなの昨日今日に決まる話でもないでしょ。こっちは無駄な労力じゃないですか！」

そんな文句を言っても許されると思うが、口から出てきてくれない。

「まあ、しょうがないですかね、この状況じゃ……」

「そうなんですよね、こっちもバタバタで急に決まっちゃって」

そんなわけがあるかと思うがやっぱり言えない。この気の弱さはなんとかならないものかと、孝志は自分の性格を呪った。

「もうちょっといろいろ落ち着いたらまた動くと思うんですけど、あの、これライター増やしてもいいですか？」

「え、あ、ライターを？」

一瞬意味が分からなかったが、孝志以外の脚本家を呼んで複数人態勢で書くという意味だ。個性のない企画にはありがちなことだ。

「もしかしたらやっぱり大山さんの色じゃないんじゃないかって思いまして……いや、こんな企画振っちゃったボクが悪いんですけど」

「こんな企画」とプロデューサーが自ら言ってしまうような企画に、少しでも個性を与えるべく書いたのに、そこにはほとんど気づいてもらえない。それどころか「こんな企画」と無意識に言葉にして発してしまう代々木の無神経さには、こんな人と仕事をしているのかと情けなくなる。でも、今の自分はこういう人にしか相手にされないのだろう。

「若手のライター、二、三人にセカンド、サードライターで入ってもらって、大山さんには大事なとこ書いてもらえたらと思うんですけど」

「あ、いいですよ、ぜんぜん」

またもいい顔して相手のそんな、実質クビと言われているような提案を受け入れてしまう。さっきは落ち着いたら動くと思うという言い方をしておいて、もう別のライターを入れてもいいかと提案してくるのは、実際は水面下でその別のライターにはもう交渉しているに違いない。

「じゃあ、もう少し状況見えてきたらまた連絡します。すみません、失礼します」

「あ、失礼します」

言い終わると同時に電話は切れた。もしかしたらもう二度と電話がかかってくることはないかもしれないと孝志は思った。

当初はやる気もなかった企画なのに、いざこうしてほとんどクビのような状況になると、これはこれで絶望的な気持ちになる。つまらない企画とはいえ世に名前が出ることで、一瞬だが承認欲求も満たされるのだ。当然当てにしていた収入もなくなる。

落ち込んだまま、ぼんやりとロクに目にも入っていないSNSなど見ていると、コロナ禍で流行り出したブックカバーチャレンジとかオススメ映画チャレンジだとか、いろんな人がリレー形式で自分のオススメの本やら映画を紹介し合っている。そういうバトンも孝志のところには回ってこない。コロナのせいで微妙な孤独感をこうして突き付けられてもいる。

知り合いたちのオススメ本など見たりしながら、「かっこつけやがって！　お前がこんな本読んでるなんて絶対にウソだろ！」と心の中で毒づいていたが、それも憂鬱になってスマホを閉じた。閉じてから、何かが足りないような気がしたのだが、それが何かすぐには気づかなかった。なんだろうと二、三分考えて、ようやく太郎がいなくなっていることに気が付いた。

あたりをぐるっと見回してみたが、太郎の姿はどこにもない。

お気に入りの砂場や、ちょっとしたアスレチックのようなものがあるコーナーにも行ってみたが姿はなかった。

「太郎！」

やや焦りが生じた孝志は大きな声で呼びかけてみたが、太郎らしき子供はいない。というか男の子ならどの子も太郎に見えないこともないので、この中から探し出すのは一苦労だ。まるで『ウォーリーをさがせ！』のような状態だ。

孝志は以前にもこんなふうに目を離して青くなったことが何度かある。今日は公園だから危険なことにはなっていないと思うが、以前新宿駅で見失ったときは完全に事故か連れ去りだと覚悟した。あのときのような気持ちには二度となりたくないので、もう絶対に目を離さないと心に誓ったのにまたやってしまった。

「太郎！　太郎！」

名前を呼びながら広い公園内をウロウロと歩き回っていると、この最悪なタイミングで恭子から電話がかかってきた。

「もしもし」

「ねえ、何してんの、あんた」

電話に出るなり恭子の怒気を含んだ声が耳に飛び込んできた。

「え……何？」

まさか自分の姿が見えているわけがないのにドキッとした。

「何じゃないよ！　太郎、一人で帰ってきちゃったよ。事故ったらどうすんの！」

電話の向こうで恭子が大きな声を出した。

「あ。ああ……ごめん。いや、代々木さんから電話がかかってきちゃったから」

言い訳にもならないことを言ってしまった。

「だからあなたには任せられないのよ。子供と公園行くときくらいスマホ置いていけないの？」

恭子はそう言うと、電話を切ってしまった。

「クソッ！」

孝志は声に出してしまうくらいイライラした。ただでさえ代々木からの連絡で心が激しく乱されているというのに、太郎の奴、なんてことしやがるんだと、自分が悪いくせに息子に対して一瞬だが、かなり暴力的な妄想をしてしまった。そんな自分も嫌だった。

孝志は自転車に飛び乗ると、家に向かって猛スピードで漕いだ。普通に走れば自転車で五分くらいなのだが、二分で家に着いた。息を切らしている姿を恭子に見せるのも、そのあざとさからさらに怒りを煽《あお》りそうなので、少し息を整えてから家に入った。

居間に入ると太郎はゲームをしており、その横で恭子がパソコンでシナリオを書いている。

「ごめんごめん。いいよ、二階で書いてきても。太郎もごめんね」

太郎は何も反応することなく目を輝かせてゲームに没頭している。恭子は孝志に見向きもせず、パソコンのキーを打っている。

「中止になりそうでさ、グルメドラマ」

孝志は少しでも恭子の同情をひくためと、出ざるを得ない電話であったことをアピールするために言った。ドラマのストップを自分の胸の内だけにおさめておくこともできなかった。誰かに話してショックを和らげたかった。そして話せる相手は恭子しかいない。

「まぁ、こういう状況だししょうがないところもあるけど……面白いのが書けてたからやっぱりショックだね。ハハ」

孝志がそう言うと、恭子はパタンとパソコンを閉じて、何も言わずにそのままパソコンを持って部屋を出て行った。

自分が悪いとはいえ、最悪の展開だった。

ほとんど心は空っぽのまま、ゲームをしている太郎をぼんやりと眺めていると、どこかからスマホのバイブ音が聞こえてきた。

テーブルの上の恭子のスマホが震えている。着信画面には「二階堂監督」と出ている。

バイブ音はしばらく鳴り続けて止まった。孝志はそのままぼんやりと恭子のスマホを見ていると、再び少し震えてＬＩＮＥが入った。これも二階堂からだった。

我慢できず、孝志はそのＬＩＮＥを開いた。

『脚本どうですか？　先日のＺｏｏｍでの打ち合わせのときに、セックスシーンに無茶な注文出してしまったかなとちょっと思ったりしています。もし難航しているようでしたら、気晴らしがてらにでもお話ししたりとかぜんぜん大丈夫なので気軽に連絡ください。Ｚｏｏｍがやりづらければ対面でもぜんぜんかまいませんし、なんならぼくはそっちのほうがいいので（笑）』

既読をつけてしまったこともあるが、孝志はそのＬＩＮＥを削除した。恭子と二階堂の距離がグッと縮まっていることに、激しい怒りと焦りが湧いてきた。

4

「ザマァミロ」と思ってしまった。正直、心底愉快だった。孝志のグルメドラマがストップしたことに対してだ。

「ほんと大嫌い、あいつ」

恭子は心からそう思った。

映画やドラマというのは、多くの企画が水面下で立案され、実際に生み出されるのはその十分の一くらいなのだと孝志と付き合い始めてから恭子は知った。だから企画が成立しないたびに落ち込む孝志を見ていると自分まで悲しくなり、そんなときは二人で泣きながらベッドの中で抱き合ったこともあった。そうして孝志を支えている自分が、あの頃は気持ち良かったのかもしれない。

だが今の自分は笑顔すら浮かべている。苦しむだけ苦しむがいいと思うと、自然と顔がほころんでしまう。

「俺を憐《あわ》れんでくれ」という雰囲気を、これでもかと漂わせてくる孝志が憎くさえあった。と、同時に自分が今書いているシナリオも、このコロナの状況ではもしかしたら同じ運命になりかねないと少し不安にもなった。

その不安を打ち消したい気持ちと孝志への憎しみを叩きつけるようにパソコンのキーを打ちながら、恭子は久しぶりにシナリオ直しに没頭した。

今晩は夕飯を作る気も、トイレ以外で下におりる気もなかった。近頃は太郎の症状の悪化もあって、なかなかシナリオに集中できていなかったが、今日は「スマイル」に行って少し安心できたことと、孝志への怒りと憎しみをうまくシナリオへの集中力に転化できた。

熱のこもった不倫のセックスシーンを一心不乱に書きあげ、主人公の女性が家庭に戻る場面では、ほとんど人格が変わったかのように夫を罵倒させてしまった。もちろん今の自分が乗り移りすぎてしまったのだが、書いているだけでストレス発散になり、思わず声に出して「死ね！　死ね！」とつぶやいてた。だが読み返してみると、あまりにひどい呪いの言葉を連呼しているので、それまでのキャラクターと完全に別人格になってしまった。慌てて心を落ち着けて書き直し、夜中にようやく二階堂と糸原に送信した。直しを送った解放感から少しお酒でも飲もうと思って下におりると、孝志と太郎はすでに寝ていた。

孝志が料理をしたのだろう、汚れたキッチンのフライパンの中に、オムライスが残っている。太郎の好きなものを作って、少しでも今日の「スマイル」と公園での失態の反省をアピールしているのだろう。こうして目につくところにあえて少量残して、「俺、夕飯作って食べさせた」アピールをしているところが孝志っぽくてまた腹が立ってきた。腹を立てながらもお腹がすいていることにもようやく気づいて、そのオムライスを一口食べると、あまりの油っこさにまたまた腹が立った。

冷蔵庫から缶ビールを取り出して、一口飲んだところで恭子はテーブルの上の自分のスマホに気づいた。

スマホをここに置き忘れていることすら、意識になかったくらい今日はシナリオ直しに集中できたのだ。

スマホを見ると、二階堂から着信が残っている。その他に二階堂からＬＩＮＥが一件と、先ほど送ったシナリオを受け取ったという返信がもう来ている。

ＬＩＮＥを開くと、『すみません、さっき送ったライン、ちょっとアホな内容だったかもしれません。こういう状況のときに軽々しく対面でもいいとか書いちゃって、軽はずみだったかもと……。忘れてください。シナリオお待ちしています』。

二階に戻りながら、恭子はその先ほどのＬＩＮＥというのを探したが、どこにもない。今読んでいる二階堂からの最新のＬＩＮＥの前は、前回のＺｏｏｍ打ち合わせをしたくらいまで遡る。

「まさか……孝志が読んで、証拠隠滅のために削除したのではないか」

咄嗟に恭子はそう思った。

『先ほどのラインってなんでしょうか？　届いてないみたいなんですけど……』

そう返信すると、二階堂は今この時間ＬＩＮＥを見ていたのかすぐに既読になって、少し間を置いて返信も来た。

『え？　けっこう早い段階で既読になったんですけど……。変だな』

間違いない。孝志が読んで、証拠隠滅（にもなっていないが）のために削除したに決まっている。だが不思議と怒りは湧いてこなかった。あいつならやりかねない、とすんなり受け入れられた。それよりもアホな内容だったとか軽はずみだったと本人が言っている二階堂からのＬＩＮＥの内容が気になる。二階堂は私から返信がなくて、ずっとＬＩＮＥを気にしていたのかもしれない。だから今もすぐに既読になったのかもしれない。

その推測は当たっているような気がして、恭子は嬉しい気分になっていた。

『なんで消えちゃったんだろ。おかしいな。では再送してください。気になりますー！』

そう送るとまたすぐに既読がつき、返信が来た。

『いやー、いいですよ、もう。なんか恥ずかしいし、ホントにたいした内容じゃないので』

『だったらなおのこと教えてください！　気になって眠れません！』

二階堂がずっと私からの返信を待っていたであろうことと、直しを送った解放感にほろ酔い気分も手伝ってすぐにそう返信した。

五分ほど待ったが何も返信はない。もう一発催促のＬＩＮＥを送ってやろうかと思ったとき、返信が来た。

『送ったラインこれです（笑）』という一言に続いて、

『脚本どうですか？　先日のＺｏｏｍでの打ち合わせのときに、セックスシーンに無茶な注文出してしまったかなとちょっと思ったりしています。もし難航しているようでしたら、気晴らしがてらにでもお話ししたりとかぜんぜん大丈夫なので気軽に連絡ください。Ｚｏｏｍがやりづらければ対面でもぜんぜんかまいませんし、なんならぼくはそっちのほうがいいので（笑）』

恭子はニタニタとした笑みを浮かべながらその文面を読んだ。これは返信がないと、ちょっとまずかったかなという気持ちにもなるだろう。こないだZoomで下ネタ話になり盛り上がったからか、二階堂はずいぶん距離を縮めてきたものだ。

会いたい。

恭子は強く思ったが、アルコールが入っているのにもかかわらず咄嗟に自分の中でブレーキがかかった。

『うわー、あたしもお会いしたいです！　なんか対面で打ち合わせしていたのがずいぶん昔に感じますねー』

ブレーキをかけたつもりの返信だ。

今会ってしまうと、なにかが決壊しそうな気がする。恭子は結婚後は一度も浮気をしていない。この場合の浮気というのは、一度だけのセックスも含まれる。もちろん何度かそうなりそうな機会はあったし、口説かれたこともある。だがすべて踏みとどまった。結婚前なら軽々しくしていたことが、今すると自分にも孝志にも何か罰のようなものが当たりそうで、一線は越えられなかった。

長年、そうした行動をしていないから臆病にもなっているのだろう。だが決して孝志のことを思って今も踏みとどまったのではない。今度そういうことをするときは、ある覚悟を持って行動に出たいと思ったからだ。

二階堂は恭子のブレーキを感じ取ったのか、『はやく対面で打ち合わせできるときが来るといいですね！　シナリオ、楽しみに読ませていただきます』と返信してきた。ちょっともったいないことをしたかなと思いつつ、その選択ができた自分を恭子は褒めた。もっと二階堂とＬＩＮＥをしていたかったが、これ以上続けると、やっぱりどこかで決壊するだろうと思い、

『よろしくお願いします！　おやすみなさい！』とだけ返した。

翌朝、恭子が目覚めると十時を過ぎていた。

「ヤバい！」と咄嗟に思ったが、休校期間だし、別にそう焦る必要もなかった。こんなに眠ってしまったのは久しぶりだ。シナリオを書き終わって疲れがどっと出たのかもしれない。

スマホを手に取ると二階堂からＬＩＮＥが入っていた。

『直し、読みました！　素晴らしかったです！　早く撮りたいです！　とりいそぎこの興奮だけでも伝えたく』

恭子は飛び上がるほど嬉しかった。そのＬＩＮＥが来たのは深夜の三時過ぎだ。二階堂はあのあと、本当にすぐにシナリオを読んでくれたのかと思うと喜びも倍になる気分だ。糸原からも『二階堂さんからも連絡あると思いますが、直し、とても良かったです！　これで入稿しようと思います。コロナで状況は大変ですが、準備を急ピッチで進

めていきますね』とメールが来ていた。

なんて素晴らしい気分なのだろう。こんなにも充実した気持ちの朝を迎えるのは本当に久しぶりだ。

外も良く晴れているし、太郎を公園に連れて行ってやろうと思い、恭子はマイちゃんにLINEしてみた。

『おはよー！　天気良いし、太郎連れて公園に行こうと思うんだけど、暇だったら一緒にどう？』

すぐに既読マークがつくと、マイちゃんから即レスが来た。

『今、LINEしようと思ってたとこ！　話したいこともあるし、行こうぜ！』

『四十五分後には着きます！』

そう返信して、孝志の顔は見たくなかったが階下におりた。

「あ、おはよー。ママ降りてきたよ」

孝志が気色の悪い猫撫で声で言った。

下に降りると、孝志は太郎の勉強を見てくれていたが、その姿すらも私へのアピールでしょと恭子は思ってしまった。

「ママ、いたの⁉」

太郎が嬉しそうな顔で言った。

「いたよー。二階でお仕事してたの。えらいね、太郎、勉強して」

「な、太郎、えらいよな」孝志が言った。

お前に聞いてねえよと恭子は心の中だけで言って、孝志を無視した。

「これ、終わったらゲームするんだよ！」

太郎が目を輝かせて言う。

「ママと公園行こう。大地も来るってよ」

「えー、嫌だ。ゲームする」

「ゲームは帰ってきてからでもできるでしょ。絶対させてあげるから。約束する」

「……絶対？」

「絶対だよ。絶対にさせてあげるからね。大丈夫」

恭子は太郎の目をしっかりと見つめて、丁寧に伝えた。

決められた時間内であればさせないわけなどないのだが、イレギュラーなことが苦手だから、こうして目をちゃんと見てゆっくり説明しなければならない。

「分かった。じゃあ公園行く」

「いい子だ。ママ、お化粧するから勉強しちゃって」

「分かった！」

太郎はひときわ大きな声で返事をした。

「よし、じゃあ続きをやっちゃおう」

孝志が言った。

聞こえよがしにうるせえんだよ。

恭子はイラッとしつつ、孝志には見向きもしないで、洗面所に行くと、パパッと化粧をして太郎を連れて家を出た。


「離婚⁉」

恭子の大きな声に周囲にいたお母さんたちが数人振り向いた。

「声でけぇわ」

「あ、ごめんごめん。え、でもマジで？」

「うん、決心した。もう無理だわ」

マイちゃんは砂場で遊んでいる太郎と大地に目を向けたまま言った。

「無理って……セックスのこと？」

「こないだ土下座したんだよ。あたし」

「何？　土下座って」

「してくださいって。あり得る？」

「セックスを？」

「他に何があんのよ、今までの流れで。あり得ないでしょ？　土下座でお願いするって。別に土下座しろって言われたわけでもないのに。あり得ないよね？」

「うーん……」

恭子は答えに窮した。普通はあり得ないけれど、マイちゃんならしそうだと思った。ただしそれは決して相手に対して服従の土下座ではなく、プレッシャーをかけるための土下座なら厭《いと》わないだろうと思った。

「で、パパはなんて？」

「すっげー深いため息一発」

「そう……。それは……」その後の言葉が続かないが、聞いているだけで少し胸が痛んだ。

「うん。すっげー傷ついたけど、それで決心ついた。もう我慢するのイヤだわ。セックスだけじゃねえし、なんか尊厳傷つけられたような気がしたよね。口くせぇのとか、鼾《いびき》とかそんなのぜんぜん許せるけどさ、なんか尊厳傷つけられたような気がしたよね。バカにすんじゃねえって。あいつは自由に仕事だ飲みだって毎晩遅くてさ、今もＺｏｏｍでほとんど毎晩飲み会してっからね。そんで家事育児あたしに押しつけてたまのセックスもできないって、人間としてしょうもなさすぎんでしょ。そういうやつに傷つけられる自分がもったいねえわ」

マイちゃんはまくしたてるように話した。

この人も意外にちゃんと考えているんだ……。

恭子はマイちゃんの話を聞きながら思った。意外と言っては失礼だが、恭子は心のどこかでマイちゃんを少しバカにしているという自覚がある。一見口汚く夫のことを罵りながらも、どうせ根底では奴隷のような家事育児をさほど違和感を覚えることもなく受け入れ、自分とせいぜいは家族のことしか考えられず、大きく人生を変える勇気のない人なのだろうと思っていた。だから離婚という結論を出したのも意外だったし、なんだか先を越されたような気持ちにもなった。

「でも……やってけるの？　離婚して」

真っ先にその質問が口から出てきてしまった。結局自分が離婚に踏み切れない理由はそこにあるのかもしれない。認めたくないが、孝志の収入抜きで生活していく自信が恭子にはないのだ。

「なんとかなるでしょ。てか何とかするしかないでしょ。親でもなんでも頼って」

「まあ……そうか。頼れるならね」

マイちゃんの言葉はたくましい。

「頼れなくても、大地一人くらいならなんとかなるし、我慢してあいつと一緒にいるよりぜんぜんマシだよ」

「だよね。うん、我慢しなくていいよ」

心からそう言ったが、「一緒にいない」ということを選択することができなかった自分がカッコ悪く思える。

昨日、孝志のことをはっきりと「嫌い」だと思ったくせに、いざこうして他人事とはいえ離婚という現実が目の前に出て来ると、ブレーキがかかってしまう。

いくらシナリオコンクールで賞をとったと言っても、この先仕事が続くかどうかは分からない。マイちゃんよりも人の目を浴びる場で生きてきた自分が、シングルマザーとして覚悟を持って、ひっそりと慎ましく生きていけるかどうか正直不安だ。

今の状況を変えて大変な思いをするくらいなら、いろいろと理由をつけて目をつむってやり過ごしていたほうが、我慢していたほうが楽だ。

「まあ、ウチはダメだったけどさ、恭ちゃんとこはパパが素直にさせてって言ってんだから、させてあげたら。なんか変わるかもよ」

「まぁねえ……」

「スマイル」ではみっともなく頼りない孝志ではあったが、あんなにも一生懸命に私とセックスがしたいと正直に言ってくれる人がこの先現れるかどうかも分からない。卑屈で嫉妬深いところには辟易するが、人間みんな一皮むけばそんなものなのは分かっている。自分だってそんなたぐいの人間だし、むしろそんな弱さを隠しきれない孝志は人間的でさえあるのだろう。

そこでふと恭子は我に返った。気が付くと孝志のいいところを探している。また妥協して、これまでと変わらない形を無意識に選択しようとしている。思考が停止している。このまま孝志と一緒にいると、今までと何も変わらないだろう。そのことにいい加減に気づけ。いや気づかない振りをやめろ。

孝志の収入がないとやっていく自信がないということではなく、重要な局面になると思考が停止してしまう自分を認めたくないのだろう。それは薄々気づいていることでもあったが、まさかマイちゃんから突き付けられるとは思ってもみなかった。人を差別している自分も嫌だった。

今までの自分と何か変わりたくてシナリオを書き始めたはずだったが、その程度の変化ではもうダメなのだろう。

5

孝志は夕飯の支度をしながらいろいろと考え事をして、ついついパスタを茹ですぎてしまった。固めが好きな恭子のために、茹ですぎたその麺は捨てて（麺をそのままゴミ袋に捨てていると、見つかったときに何を言われるか分からないのでトイレに流した）、また最初から茹で始めた。

恭子から『そろそろ戻ります』とLINEが来たのは、二十分ほど前だから、帰ってきたタイミングで夕飯を出すのには十分間に合う。そして頭の中では先ほど考えていたことと同じことを考え始めた。

二階堂との距離がグッと縮まっていると思われる恭子が今、何を考えているのか分からない。いや自分の振る舞いに怒っているのは分かるが、「セックスのない夫婦生活は嫌だ」と言った自分の問いに対してどう考えているのか皆目見当がつかないのだ。

「少し考えさせて」と言った恭子のその言い方は、ちゃんと真剣に考えてくれそうではあったが、よく考えてみれば、真剣に考えられてしまうのもまずい。自分としては、なんとかその場で許しを得るためのほとんど捨て身の作戦でもあったのだ。

「スマイル」での言動だけでなく、過去を遡ってみても、恭子が真剣に考えてしまえばしまうほど、自分にとって最悪の結論を出してくるのではないか。

もしも恭子が本気で離婚を突き付けてきたら、どう阻止すればいいのか孝志は分からなかった。久しぶりの仕事も中止となり、今の自分には何もプラスの要素がないのだ。

やはり離婚するのは嫌だ。太郎がかわいいのはもちろんだが、この状況で一人ぼっちになりたくない。今一人になったら、間違いなく鬱の引き金がひかれそうだ。それが何より怖い。

一応、今も恭子の好物であるはずの、ペペロンチーノのシンプルなパスタを作って

(先日、うっかりクリーム系を作って怒らせてしまったので)太郎と公園から戻ってくるのを待っているが、こうして夕飯を作るというのも付け焼き刃なアピールでしかないし、太郎には別にナポリタンを作っているというできる父親をさらにアピールする周到さで待っているのだが、そのアピールがかえってマイナスポイントとなる可能性だってある。

こうなったら自分からもう一度、話し合いの場を作るしかないと孝志は考えた。

「スマイル」での言動も含めて先に謝ってしまうのだ。

「セックスがないのが嫌なんて言いながら、最近の言動は恭子にも太郎にも配慮がなかった。本当にごめんなさい」

そう自分から謝罪するのが、もっともいい方法だろう。自分から謝るという、これまでにほとんどなかった行動で変化もアピールできるはずだ。

6

家に戻ると、孝志は夕飯の準備をして待っていた。しかも恭子の好みをかなり考慮したものを作っている。

恭子はそのペペロンチーノを見て、急に腹が立ってきた。孝志が食事の準備をして待ち受けているときは、たいてい何かを言ってくるときだ。それが恭子の好きなメニューともなれば、きっと孝志は何か気色の悪いことをお願いしてくるか、何かの理由でどうにか私をやり込めたいことがあるときに違いないのだ。例えば大きなテレビが欲しいとか何か高い買い物をしたいときなどだ。好物のものを作って待っていれば、たいていのことは許してくれる女として見られていたのだろう。

実際恭子は、孝志が自分の好きなものを作って待ってくれていると、それだけでいろんなことを許してきた。水に流せてしまった。そんな生ぬるい手で相手をやり込めようとするところが孝志のかわいいところで、いいところのように思えていた。だがそんなことがいいところなわけはない。むしろ、それでやり込められてあげていた自分こそがいい奴じゃないかと恭子は思った。そこでなぜ、孝志をいい奴と思ってしまったのだろうか。

テーブルの上のペペロンチーノと太郎用のナポリタンを見ていると、沸々とそんな思いが湧き上がってきた。きっとこのナポリタンも、アピールの一つでしかないのだ。

「あの……。ちょっと今晩少し時間ある？　太郎、寝かしつけたあとでも」

「はいはい、きやがった、やめろその三文芝居は」

妙に神妙な芝居じみた顔つきで言う孝志の顔を見て、恭子は声に出してそう言ってやりたかった。

「あたしも話があるの」

恭子は孝志の顔を見つめて、きっぱりとした物言いで言った。

「あ、そうなんだ」

孝志の表情にかすかに不安そうな影が見て取れた。

「あたし、食欲ないから、先にお風呂に入っちゃっていい？　太郎にご飯食べさせといて」

そう言うと、恭子は部屋から出て行った。

＊

その夜、恭子は孝志と居間で向き合った。孝志は太郎を寝かしつけると緊張した面持ちで席について恭子を見つめる。

恭子は、ああは言ったものの風呂に入って少し冷静になると、何を言おうかまた迷っていた。ペペロンチーノを見たときは、確かに離婚してもいいと思ったはずなのに、その決意がもう揺らいでいた。

互いに口を開かぬまま、しばし黙っていたが、沈黙に耐え切れなくなった孝志が口を開いた。

「何……話って」

そう聞いても、恭子はすぐには何も言えなかった。

「そっちは……？」

結局恭子も孝志に聞いた。

「いや……いいよ。恭子からで」

恭子は黙った。離婚を切り出して孝志をギャフンと言わせたいが、そんな一時的な感情で離婚を告げていいのかどうか分からない。

「あたしたち……別居しない？」

少し考えて、結局出てきた言葉は中途半端なものだった。

「え……」

それでも孝志は、十分ショックを受けているように見えた。もしかしたら離婚を突き付けられると思っていたのかもしれないが、「別居」という選択は想定外だったのだろう。

「いや……ちょっと待ってよ。別居って……何？」

「別々に暮らすってこと」

「そりゃ分かってるけど、そういうことじゃなくて……」

別居して何が変わるのか分からない。だけど今の中途半端な心境では、これが最善の選択だと恭子は思った。

「こないだ孝志が真面目に話してくれたから、あたしも真面目に考えたの。それで……」

それで別居という結論を出したわけでもないのに、恭子はそう言った。

「だって……じゃあセックスしなくていいなら、別居はしなくていいってこと？」

そう言われると、恭子は返す言葉がない。確かに恭子が「考えさせて」と答えたお題は「セックスのない夫婦生活は嫌だ」という孝志の言葉に対してだったが、セックスしないなら今まで通りでいいかと言われれば、そうではない気がする。

「いいよ、じゃあ。セックスがなくてもいいから別居なんてやめようよ。なんで別居しなきゃなんないの」

孝志は食い下がってきた。ここで別居すれば、それはもう離婚につながるしかないと考えているのだろう。今、手にとるように孝志の考えが分かる。

「セックスしなくても……別居したい」

恭子は孝志が言ったことに対して、するっとその言葉が出てきた。

「え、どうして？　それは納得できないよ。だったら俺、どうすればいいんだよ」

孝志の言うことはもっとものような気はするが、そんなこと聞かれても困ってしまう。

「分かんない。でも……セックスもしたくないし、一緒にいたくもない」

孝志が息を飲んだのが恭子に伝わってきた。

「それ……別居ですむの？」

「すまない……かもね」

「じゃあ……」孝志はその後の言葉が続かなかった。

「うん、じゃあ離婚するしかないね」

するっと、この言葉が出てきた。

そうなのだ。最初からそう言うしかなかったのだ。

「ちょっと待ってよ」

孝志からは別居と言われたときと同じ言葉が出てきたが、語気が荒くなっていた。焦っているのだろう。離婚だけはなんとしても阻止しなければという気持ちが伝わってくる。

「え、なんで？　セックスなしでもいいって言ってるんだよ。それに……俺、やっぱりここ最近の態度っていうか、振る舞いっていうかさ、恭子にも太郎にも……やっぱりダメだったなと思って、そこを本気で変えたいと思って」

孝志は用意していたかのような言葉を懸命に口にする。

「変わらないよ」

恭子は孝志の言葉を遮って言った。

「人間はそんなに簡単に変わらないし……離婚したい理由はそれだけじゃない」

「なんなの……？」

孝志は怖る怖るといった様子で問い返してきた。

恭子はしばし目を伏せて黙ったが、顔を上げて孝志を見つめた。

「あなたが魅力的じゃないから」

きっぱりとそう言った恭子は、自分が少し残酷な気持ちになっているのが分かった。

「あなた、輝いてないもん」

「何それ……」

孝志の目が心なしか泳いでいるような気がする。

「分かるでしょ、自分でも」

「なんだよそれ、よく分かんないよ」

自分でも分かっているくせにわざとわからない振りをしている……。それが恭子を勢いづかせた。

「分かってるくせに。あたしがガマンしてセックスさえさせれば、とりあえず目の前の問題は解決すると思ってるんでしょ、あなたは」

恭子は言いながら、どんどん残酷な気持ちになった。子供への虐待が止まらない親は、今の自分のような心境かもしれないと思った。

「何言ってるんだよ。目の前の問題ってなんだよ」

恭子の言い草にカチンときたのだろう。孝志の声に怒気がはらむ。

「あたし、ずっとガマンしてたんだよね」

「何を?」

「いろいろ。たっくさんのこと。あなたに気を遣いながら生きていくのが嫌になっちゃった」

「たっくさんのこと」に思い切り力を込めて恭子は言った。

「どこに気を遣ってんだよ」

「だからいろいろ。あなた、あたしが脚本のコンクールで受賞したこと、すっごく嫌だったでしょ。腹立たしかったでしょ」

ずっと言いたかったことの一つを恭子が言うと、孝志の顔が瞬時に醜くゆがんだ。

「はぁ? な、何言ってんだよ」

思わずどもってしまうほど、その言葉に孝志が動揺しているのが分かる。

「脚本の打ち合わせとかで遅くなると、不機嫌になるじゃない」

「でも、遅くなっても行かせてやってるだろ」

「なに、行かせてやってるって、その上から目線。そういうとこに出るのよ、あなたの器の小ささが。分かるのよ、すっごい嫌だったのが。あなたはあたしを縛り付けときたいの。あたしがちょっとでも仕事で遅くなれば不機嫌になるし楽しそうでも不機嫌になるし、一緒に仕事してる監督からのLINEは見るし、ホントに小さい。極小。あなたといるとあたしは頑張れない。何かを頑張る人間になれない」

恭子の口からは、今まで我慢していた何かが決壊するように言葉が溢れてきた。

図星なことを言われた孝志は狼狽しながらも、なんとか反撃しようと口を開く。

「な、な、何自分の想像で勝手なこと言ってんだよ。お前が仕事をする監督なんか興味ねえよ。どうせ学歴以外に誇れるものもない局の社員ディレクターだろ。だいたいお前なんか女優してる頃から脚本なんか読めもしなかっただろうが。良い脚本に出るのが夢じゃなくて、どんな監督と仕事をするかだけに価値観おきやがって。俺に近づいてきたのも俺が売れてたからだろうが！　だから芽が出なかったんだよ役者として。そんな奴にロクなホンが書けるわけねえだろ。テレビのくだらないコンクールで受賞して浮かれてんじゃねえよ」

孝志の口から出るひどく幼稚で下品な戯言《ざれごと》の数々を聞いても恭子にはなんのダメージもなかった。笑いたくなるくらいだ。

「はいはい。出ました本性。あなたはそうやってずっと私を見下してきたのよ。分かる。嫌だよねー、今はロクに仕事もないんだから。惨めだよねー」

「あるよ！　こないだまで深夜ドラマ書いてただろ！」

「コロナでぶっとんじまったけどな！　あれこそ面白くもなんともないでしょ。あんたがバカにしてた仕事なんじゃないの。でも今のあなたにはその程度の仕事がぴったりだから。つーかあの頃はあんたが売れてたから近寄ったに決まってるじゃん。それ以外にあんたに近づく理由なんてないでしょ。媚の売りがいもなかったけどな、お前には」

恭子は孝志のことを心底憎いと思った。

「残念だったな。その程度の男としか結婚できなかったんだよ、お前は」

「そうだよ、あの頃はね。でも今は違う。心底お前を軽蔑してる」

「俺だってお前を軽蔑してんだよ。いちいち役者仲間に会うときに赤ちゃんだった太郎のこと連れて行って、『今は違う幸せを手に入れました！』みたいなアピールばっかしてただろうが。バレバレなんだよ」

「してたよ。悪い？　そうでもしないと気が狂いそうな生活だったから。あんたのせいで。パートに出たら、そんな仕事誰でもできるとか、やりたいことやれなんて言って、いざやりたいことすると足引っ張るじゃん。あんたに足を引っ張られ続けたせいであたしの人生何年かぶち壊されたから。もう二度と邪魔しないで」

「足なんか引っ張ってないだろ。売れなかったのは自分の実力がないせいだろ。人のせいにすんな」

「はいはい実力もなかったよ。でも産後に一度だけ受かったオーディションあったのに、あんたぜんぜん協力的じゃなかったじゃない。太郎の面倒は誰が見るんだって。そんなのあんたが見なさいよ。なんであたし一人で見なきゃいけないのよ。あんた、あたしの仕事より自分の仕事のほうが重要って思ってんでしょ。今でも思ってんでしょ。仕事もないくせに。そういう考えがおかしいんだよ。あんたのお母さんもよく言うよね。男は仕事が大事だし付き合いもあるしとかさあ。女もあるからね、普通にそれ。自ら女を下にしてたけど、あの人」

母親のことを言ってやるのが、この男をもっとも傷つける方法だと思った。

「い、今オフクロは関係ないだろ」

「何オフクロって。電話じゃママ、ママ言ってるくせに」

「言ってないだろ！」

「あの女があんたを甘やかして育てたからこんな自己中のどうしようもない男ができあがったんだよ。あたし、太郎には絶対にあんたに似てほしくない。ていうか絶対あんたみたいな人間には育てないけどね。あんたの苗字も大嫌いだから。なに大山って、クソダサ！　お前んちの墓に入るくらいなら、便所に流されたほうがまだマシだわ！」

バチーン‼

その音が響き渡った瞬間、恭子の目の前が電気がついたようにパッと明るくなった。

孝志は我に返ったように真顔で自分の手のひらを見つめていた。

「……あーあ、殴っちゃったね」

張られた右の頬を、手で押さえたまま恭子は言った。少し頬がジンとしてきた。

「いや……だって」

しどろもどろになりながら孝志は必死に言い訳をしようと口を開きかけたが、恭子はそれを遮った。

「DVしないとこくらいしかいいとこなかったのにねえ」

「だってお前が……」

「何。あたしのせいなの。殴っといて殴られたほうのせいにしないでよ。なんで殴られたか分かるかとか気持ちの悪いこと言うんだよねあんたみたいな人間は。あたし出てくから」

「いや……ちょっと待って……」

「嫌だ。待たない。心底あんたにはがっかりした。実家帰る。あんた、太郎と二人で暮らしてみなさいよ。そっこー虐待するだろうけどね」

恭子はそう言うと、着の身着のまま出て行ってしまった。

7

「おかしいわよ、恭子さんも。あたしなら絶対に無理。パパのことは置いていけても、あんたのことは絶対に連れて行くわよ。愛情がないのよ子供に。そういう人だと思ってた」

孝志の母は、朝食の支度をしながらずっと恭子の悪口を言い続けている。

恭子が出て行ってからすでに一週間がたった。孝志は何度か恭子に電話をかけてみたが、一度も出てもらえていない。

孝志の手には、恭子を殴ったときの痛みが残っていた。あれほどまでに罵られたら、思わず手が出てしまっても当然だろう。だが、殴ってしまったことは失敗だった。どう言い訳しようと悪いのは手を出したほうだ。孝志はあれからずっと、後悔と憎しみと、一人になってしまうかもしれない恐怖で鬱々とした日々を過ごしていた。

こういう精神状態では、太郎との二人暮らしは三日が限界だった。「ママは？　ママは？」としつこく聞いてくる太郎を黙らせておくには、ゲームをさせておくしかなかった。この二日間で、太郎は十五時間以上ゲームをしているはずだ。朝起きると、すぐにゲームをしたいと言い出すまでになってしまった。

食事を作る気にもなれず、スーパーから買って来た弁当ですまし、掃除もろくにしなかったので、恭子が家出してからわずか三日で部屋はごみ溜めのようになった。

孝志は三日目に実家に電話をして、恭子が出て行ってしまったことを母親に話した。もう戻ってきてくれないかもしれないと言った。

「情けない声、出してんじゃないわよ、出てかれたくらいで」

電話の向こうで母親がそう言ったくらいだから、きっとそうとう弱った声を出したに違いない。

だが翌日、そう一喝した母親はコロナを怖がりながらも、田舎の鳥取から上京してきた。太郎がかわいそうだから出てきたと言っていたが、実際は孝志のことが心配なのだろう。

「恭子さん、あたしがコロナになればいいと思ってるんじゃない？　出て行けば、あたしがこうしてのこのこ出て来ることを予想してたんじゃないの。そのくらい考えるわよ、あの子は」

母親の恭子への悪口は止まらない。ここまで恭子のことが嫌いだったのは意外だ。いがみ合ってはいても、なんだかんだ根底では息子と夫という立場は違うが同じ人間を愛する者同士、認め合っているのだろうなと孝志は思っていたが、どうやら甘かったようだ。そういえば先日の大口論で恭子の口から出てきた、孝志の母親への罵詈雑言も、確実に憎しみがこもっていた。

「朝ごはんとかちゃんと作ってくれてたの？　太郎、こんなに食べるじゃない。まともなもの作れば食べるのよ、子供は」

「作ってたよ。なんだよそれ」

たまらず孝志は言った。母親の言い草は、まるで太郎が恭子の作った朝ごはんを食べないかのようだ。

「だって恭子さんが電話してきたのよ、太郎がなかなか朝ごはん食べないって」

「普通に食べてたよ。そんなの会話がないから適当に言っただけだろ」

そんなことも分からないのか、この母親は。孝志はイライラしてしまう。

「あんただってロクなもの食べさせてもらってないんじゃないの？　あの子、料理なんてできないでしょ。見てれば分かるわよ。外食多いでしょ」

息子を愛してくれているのか、恭子憎しなのかよく分からない。その両方だとは思うのだが、それにしても自分はこの母親に育てられたのかと思うと、あまりにもしっくりきてしまう。

人を見下して、なんとか自分のプライドを保とうとするところなどそっくりだ。

こうして恭子の悪口を必死になって言っているが、生活力は恭子のほうがはるかにあるのだ。

孝志の母親はずっと専業主婦だ。孝志自身は別にそれが悪いとも良いとも思わない。というか母親が専業主婦であるということについて、深く考えたことはなかった。だが恭子と結婚してから、母親にはそのことが思いの他深いコンプレックスになっているのだなということが見えてきた。

結婚当初はまだ女優をしていた恭子に、家事が手抜きだということを咎める発言がちょくちょくあった。そして専業主婦がいかに大変な仕事であるかを頻繁に言うようになった。もしかしたら母は、専業主婦になりたくてなったわけではなかったのかもしれないと孝志は思うようになった。だからこそ専業主婦をバカにされてなるものかという意識がここまで強いのではないのかと思った。

太郎が生まれてからはなおの事、孝志と恭子の子育てを、ほとんどなんの根拠もなく否定するようなことを言ってきたりもした。愛情深く子育てすることは、そう簡単にできるものではないのだという含みが言葉の端々に感じられた。あんたたちにできてなるものかという思いが溢れていたのは、おそらく母親のやり遂げたことが子育てくらいしかなかったからだろう。だからすべてのプライドをそこに持っていたのかもしれない。

子育てにしか拠り所がないのだろう。

「太郎だって、ちゃんとしたもの食べさせてたら、こんなふうにはならないわよ。ほんとかわいそうよ」

そんなことを考えていたそばから、母親は根拠のないことを言い出したので、孝志はカチンときた。

「何、こんなふうにって。発達障害のこと？」

「発達障害か何か知らないけど、あんたたちがほったらかしにして育てたからでしょ。あたしはそんなことしなかった。少し過保護だったかもしれないけど、手塩にかけて大切に育てた。子供たちが一番大切だったから」

「あのさぁ、ロクに発達障害のことも知らないくせに、いい加減なこと言わないでよ。食べ物なんか関係ないよ。生まれつきなんだよ、ほとんどこれ」

そう言いながらも、そのことについては自分自身もよく分かっていないのだが、それでも自己弁護をしながらこちらを批判してくる母親の言い草には腹が立つ。

「だいたい、自分が子育てくらいしかできなかったからって、こっちを否定するような言い方やめろよ。めちゃくちゃ腹立つんだよ」

老母にひどいことを言っているのは分かっているが、止められない。傷つけてやりたいとすら思ってしまう。

「あーあ、情けない。どうしてそんな子になっちゃったの？」

母親は深くため息をついて言った。

「子育て失敗したかとは思ったけど、ここまでとは思わなかったわ」

その母親の言い草に、孝志の怒りも限界に達した。

「そうだね、大失敗だね。でも、こんな人間に育てたのはママだからね。どうしてくれるんだよ、責任取ってよ」

そう言うと母親は、「言葉も出ない」というような表情で孝志を見つめた。

「何？　その芝居じみた顔」

孝志はまたひどいことを言った。

「……かわいそうだわ、あんたが」

「何が？　何がかわいそうなの？　かわいそうなのはママだよ。専業主婦しかできなかったから、必死になって恭子の生き方とか子育てを否定してんだろ。でも、あいつは主婦やりながら最初は劇団もやって、今はシナリオコンクールで賞もとって、すごいけどね。そういう生き方はできなかったくせに、負け惜しみで人の人生否定するのやめたら」

シナリオコンクールで恭子が賞をとったことをちっとも喜んでいない自分が、老母を傷つけるためならそんなセリフも平然と出てきてしまう。ただ、さすがにここまで言うと、もう母親の顔は見ていられなかった。

「とりあえず、仕事あるから出かけるから。太郎、ちゃんと見といてね。発達障害なんかたいしたことないんでしょ」

捨て台詞のような言葉を吐いて、孝志は家を出た。自分が追い込まれた状況になると、こんなにもひどい言葉を母親に投げつけることができるということを目の当たりにして、家を出てもすぐには冷静にはなれなかった。

行き場所は決まっていなかったが、傷口に塩を塗るような気持ちで孝志はマリモの住む駅に向かった。もうどうにでもなれというやぶれかぶれな気持ちだった。

別れてから一度だけマリモにはLINEを送っていた。確か恭子から「セックスなしでもいい夫婦関係を築けないか」と提案されたときだ。

あのときマリモは、『監督が厳しくてへこんでいる』と返信をくれた。この状況で映画の撮影準備がうまく進んでいるのかどうかは知らないが、監督にしごかれているのなら、もしかしたら心が弱っていて間違いを犯してくれるかもしれないと思った。

昼の二時過ぎという普段から電車は空いている時間帯ではあったが、緊急事態宣言の出ている今、練馬駅から乗った地下鉄大江戸線の電車内にはほとんど乗客はいなかった。換気のために窓の開いている車内は異様に音がうるさい。

考えてみれば、緊急事態宣言が出てから孝志が電車に乗るのはこれが初めてだ。家の近所の公園は人で溢れているが、街中はこういう状態なのを目の当たりにすると、やはり緊急事態なのだということを実感する。

東中野で総武線に乗り換えて、マリモの住む高円寺でおりると、街は予想に反して、普段通りの人出に見える。

南口から歩いて十分ほどのところにあるマリモの住む小さなマンションまで来ると、孝志はどうしようか迷った。マリモに会うのを迷ったのではなく、なんのアポもないままマリモの部屋のドアチャイムを鳴らすか、それともＬＩＮＥを送るなりしてみるかで迷ったのだ。会う覚悟は、孝志のほうは勝手にできている。

迷ったあげく、孝志はやはりまずはＬＩＮＥを送ってみることにした。突然訪ねて行って、もしも誰か来ていたりしたら心証を悪くするだけだ。

文面は迷いに迷って、簡潔なものにした。

『こういう状況だけど、どうですか？　こないだはなんだか少しへこんでるみたいだったけど、こちらもかなりへこんでいます。実は今、高円寺に来ています。少しだけでも会えませんか？』

自分もへこんでいることを書くかどうかはかなり悩んだのだが、弱っているということを正直に出したほうが会ってくれるような気がした。

文章を打ち終わると、孝志は間髪を容れずに送信した。少しでも迷うと、送れなくなるような気がしたからだ。もちろん送ったあとに、取り消すことはできるのだが、取り消したとしてもＬＩＮＥを送ったことはどうせ分かるのだから取り消さなかった。まったく同じことを、こないだＬＩＮＥを送ってしまったときにも思ったことを思い出すと、孝志は自分の思考回路の変わらなさに少し笑ってしまった。

送ってしまうと清々した気持ちになった。あとはマリモからの返答を待つばかりだ。その間に、街の散策でもしようとウロウロすると、時短営業とはいえ飲食店も開店しているし、普段は夜しか営業していない居酒屋も店を開けたりしているから、むしろいつもの平日よりも活気があるようにすら見えた。

この状況がもうしばらく続いて、マリモの映画や、他の多くのドラマや映画が製作中止になってしまえばいいのにと心の中で最低なことを思ってしまった。監督や脚本家たちがどんな思いで準備をしてきたのか、どんな努力で企画の実現にこぎつけたのかと思うと、チラッとでもそんなことを思うのは本当に最低中の最低なのだが、思ってしまったことは取り消せない。

そんなことをちょっとでも願ってしまう孝志とは反対に、この状況をなんとかみんなで助け合おうと考えている作り手たちも多くいる。自分のような考えが心にチラッとでも浮かんでしまった作り手はどのくらいいるのだろうかと考える価値もないようなことを考えながら、孝志はほっつき歩いた。

時おりＬＩＮＥをチェックするが、マリモからは返信がないだけでなく、既読にすらならない。

一時間ほど歩き回ると、孝志はマリモのマンションに戻った。マリモのマンションは四階建ての小さな建物で、特にオートロックなどもないから、誰でも部屋の前まで行くことができる。

孝志はそっとマンションに入って行った。ロビーには四、五人も乗れば満員の小さなエレベーターと階段がある。孝志は階段を選んで三階の三〇二号室を目指した。

一度だけ孝志はマリモの部屋に行ったことがある。二匹の猫と暮らしていたマリモの部屋は、猫たちの匂いで充満していた。

なぜ一度しか来たことがないのかというと、初めてこの部屋に来たときに、自分が猫アレルギーであることが分かったからだ。すぐに目がムズムズしてくしゃみが止まらなくなった。

八畳一間のワンルームにシングルベッドが置いてあり、布団は猫の毛だらけだった。そこに肌を触れるのは抵抗があったが、せっかくここまで来たのにもったいないと思い、その布団でセックスをした。セックスの最中、二匹の猫がずっと見ているのもなんだか妙に腹立たしかった。

セックスが終わるとすぐに部屋を出た。出がけに猫を蹴飛ばす振りしてびびらせてやった。それ以降、マリモとのセックスはすべてホテルになったのだ。

部屋の前まで来ると、孝志はドアチャイムを押した。中から反応は特にない。続けて

二、三度押してみたが、やはり反応はなかった。ドアについている郵便受けの差し込み口を開けて中を見ると、玄関の靴を脱ぐ場所が見えた。何度か見たことのあるマリモのスニーカーが丁寧に置かれている。そんなスニーカーにすら、何か甘酸っぱいような気持ちが湧きあがってくるのを孝志は感じた。手を入れることはできないが、少しの間、孝志はスニーカーを見続けた。

その後、孝志はマリモのマンションの周辺で彼女が帰って来るのを待つことにした。やっていることはもう完全にストーカーだ。

マリモの住むマンションは、それなりに人通りも多い商店街沿いにある。張り込みの刑事のように待ち伏せていても不審者のようには見えないだろうが、それにしてもただ待っているだけの時間は退屈だった。

行き交う人たちの顔でも見ていようと思っても、みんなマスクをして鼻と口が隠れているから顔もよく分からない。特に女性はマスクをしているとなぜかみんな同じ顔に見える。そしてそのほとんどが美人に見えるから不思議だ。ということは目だけなら、ほとんどの女性が美人ということなのだろうか。口だけでもみんな美人のような気がする。鼻はそういうわけにはいかないだろう。不細工な鼻と美しい鼻というのは一目瞭然だ。とすると美人かどうかは鼻で決まるのだろうか？　などとどうでもいいことを考えていると、ふいに目の前まで歩いてきたカップルを見て心臓が縮み上がった。カップルの女性はマリモだった。

孝志は慌てて顔を背けたが、その必要はなかったかもしれない。孝志だってマスクをしていてほとんど顔は分からないからだ。

もう一度マリモに目をやると、背の高い男とマンションに入って行くところだった。後ろ姿しか見えなかったので、男が誰なのかは分からない。マリモがオーディションに受かった映画の監督かもしれない。いずれにせよ俺と付き合っていたくらいだから、くだらない男は選ばないに違いないと孝志は思った。いや逆か。俺を選んだくらいだから、俺なみにくだらない人間をまた選んでいる可能性はある。

マリモに男ができていても不思議ではないし、ヨリを戻そうと思っていたわけでもないから、激しいショックを受けたわけではないが、それでも一抹の寂しさを孝志は感じた。

このまま帰ればいいものを、孝志はしばらくマンションの前に佇《たたず》んでいた。心の中はほとんど無だったが、せっかくここまで来たのにこのまま帰りたくはなかった。

孝志はまたマリモのマンションに入って行き、コソ泥のようにコソコソと三〇二号室の前まで来た。中の様子は当然分からない。

孝志はあたりをキョロキョロと見回した。三階には三〇一号室から三〇四号室まであるが、どこも扉は閉まっていて、静まり返っている。人の出て来る気配は感じられない。

孝志はそっと三〇二号室の鉄のドアに耳をあててみた。もうこれはほとんど犯罪だろう。

中からかすかに物音と人の声がする。なんの音か分からないが、覗き魔のようなこんな状況だからなのか、どんな音でも妙にエロチックに聞こえて来るから不思議だ。

孝志は我慢できず、さっきと同じようにそっとドアの差し込み口を開けた。先ほどのスニーカーの他に、マリモがはいていたであろう靴と、男物の大きなスニーカーがある。

差し込み口をあけると、マリモと男の声がかなりはっきりと聞こえてきた。

「やっぱテイクアウトだと、いまいち美味しくないよね」

男の声でそう聞こえた。

「ですよね。いつまで続くんだろ、この状況」

「分かんない。映画もどうなるか分からねえし」

おそらく男はマリモがオーディションに受かった映画の関係者なのだろう。監督なのか俳優なのかスタッフなのかは分からないが、さすがはマリモだと孝志は思った。もうしっかり関係者に手を出している。

二人はそのうち、監督の厳しい稽古の話をし出した。ということは俳優だろう。稽古をしているうちにデキてしまったに違いない。よくあることだ。

共演者の誰々の演技がムカつくとか、プロデューサーの誰かの口がクサいだとか、しばらくそんな話を聞いていると、玄関に猫がやって来た。見覚えのある黒猫だ。黒猫は孝志と目が合うとしばらくじっと見つめていた。孝志もそのまま見つめていると、部屋の中から何やらネットリとした「チュ……ジュウ……プチュ」という音とともに、その合間に「あ……あん……あ」という吐息が漏れ聞こえてきた。

「やった！」

孝志は思わず心の中で快哉《かいさい》を叫んだ。これでこそ待った甲斐があったというものだ。マリモが他の男に抱かれて嫉妬する感情をわずかに抱く一方で、めちゃくちゃに興奮した。

声だけでなく、なんとか生身の姿も見られないものかといろいろと体勢を変えたりしてみたが、見えるのはどうやっても玄関の同じところだけだ。

生身の姿を見るのは諦めて、孝志は声を盗み聞くことだけに専念した。

「あ、あ、あ、あ！」

久しぶりに聞くマリモの声は、強烈にエロスを感じさせる。きっと今、マリモはクンニをしてもらっているに違いない。孝志と付き合い始めた頃も、孝志がマリモの下半身に顔を埋めるとこんな声を出していた。きっとこの男ともまだ付き合い始めたばかりなのだろう。

孝志は下半身をギンギンに勃起させながら、しばし懐かしいマリモの声に聞き入った。

声の出し方で、今何をされているのかがはっきりと分かる。孝志はジーンズのポケットに手を突っ込むと、どうしようもなく硬くなっているものを触った。

しばらくすると、マリモの喘ぎ声が途絶えた。代わりに聞こえてきたのは、「ジュボ、ジョボ」という何かを咥《くわ》え込んだような音だが、咥えているものは一つしかない。マリモはいつも、こうしてわざとらしく音をたてていた。

もう我慢できなかった。孝志はポケットから手を抜くと、今度はジーンズのボタンをはずし、ジッパーもおろして、直接触った。どこかの部屋から急に人が出てきても怪しまれないように(すでに思いっきり怪しいが)、出来るだけ上着のパーカーで下半身が隠れるようにした。

差し込み口を覗いたまま、コンクリートの床に膝立ちすると、膝の皿の部分がかなり痛かったが、それよりも今は射精したいという欲がはるかにまさった。

「あ、ああ、あああん、あああ」

芝居じみた懐かしいマリモの喘ぎ声に合わせるように、孝志も右手を動かした。膝の痛みに耐えつつ、左手で差し込み口を開けた状態を保ちながらの、かなり無理な体勢でのオナニーは、「見つかったら最後」という緊張感も相まってすぐに果てた。

さすがに我ながら最低だなと思ったそのとき、隣の隣の三〇四号室から三十代くらいの女性が出てきた。女性はマスクをしていたが、孝志を見ると一瞬怪訝そうな目つきになったのが分かった。孝志はスマホを確認する振りをしてなんとか誤魔化した。

女性が部屋に鍵をかけて行ってしまうと、孝志もその場からすぐに離れた。

いったい自分は何をしているのかと、かなり虚しい気持ちになったが、緊急事態宣言中にこんなバカなことをしているのは世界でも俺一人しかいないのではないかと思うと、妙に清々しい気持ちにもなりながら、孝志は高円寺の駅まで歩いた。

8

湘南の海がサーファーで溢れているという映像にコメンテーターの人たちが怒り狂っているワイドショーを見ながら、恭子は心底そんなことはどうでもいいと思っていた。というか、頭にすら入って来なかった。ずっと二階堂のことをぼんやりと考えていた。これまでは二階堂のことを考えると、心が躍るような、ウキウキとした気分になったが、今はもうならない。ただただ、なぜあんなことをしてしまったのだろうかという後悔しかなかった。

「はぁ……」

二日前のあの日から、恭子はこんな深いため息を何度ついたのか分からなかった。

家を飛び出してから、恭子はすぐに群馬の実家に戻ったわけではなかった。飛び出した。

その夜は、劇団時代の女友達の家に泊まった。彼女は独り身だから、快く泊めてくれた。

二人でしこたま酒を飲みながら、近況報告をし合い、孝志の悪口を言いつつ、コロナの世の状況を嘆き合った。

売れない劇団でまだ芝居を続けている彼女は、公演が中止になってしまったと言っていた。それでもリモート芝居というやつで、仲間たちと表現の場を探っているらしい。

太郎が生まれたくらいの頃、何度か彼女を含めた劇団時代の仲間と会った。そのとき、必ず太郎を連れて行き、自分が得た別の幸せを、必ずしもそれを幸せと感じているのかは分からなかったが、アピールすることを欠かさなかった。先日、罵り合いの中で孝志に言われたことだ。

この子たちも、近い将来芝居をやめるはずだ。でも、その近い将来というのは妻や母として生きていくには遅すぎる年齢だ。そのときに、きっとこの子たちは後悔する。そんなことを考えていた恭子は、まさか四十歳間際になっても、この子が売れない劇団で芝居を続けているとは思わなかった。正直彼女が眩しく見えた。

素直に「あなたが眩しい」という気持ちを伝えたら、彼女のほうも「結婚して子供を育てながらシナリオを書いている恭子が眩しい」と言ってくれた。

そんな彼女に、気になる男がいると話すと、彼女は「会っちゃえ、会っちゃえ。それで修羅場になっちゃえ」と煽ってきた。口調はふざけていたが、決してただ面白がって言っているようには見えなかった。

酔った勢いももちろんあったが、恭子は二階堂に「会いたいです」と一言だけＬＩＮＥを送った。

翌朝、二日酔いの頭で目覚めると、二階堂から返信が来ていた。

『僕も会いたいです』

友人に二階堂と会うことになったと告げると、「そっか。頑張れ」とだけ言った。

恭子はドキドキしながら待ち合わせの池袋に向かった。こんな気持ちになったのはいつ以来か分からない。一刻も早く二階堂に会って、抱きしめてもらいたかった。

西口の交番の前に、二階堂は立っていた。その姿を見たとき、なぜだか急速にそれまでのときめいていた気持ちが冷めた。

今までテレビ局とＺｏｏｍ会議のパソコン画面の中でしか見たことのなかった二階堂が、なぜだかいつもよりも小さく見えた。街中に佇んでいる二階堂はそこらへんにいる普通のおじさんと同じだった。

飲食店への夜の営業の時短要請のために、昼から営業している居酒屋はけっこうあったから、適当な居酒屋で二人で酒を飲んだ。恭子は孝志とケンカをしたことは話さなかった。二階堂も何かあったのかとは特に聞いてこなかった。

二階堂は、ドラマをどんなふうに面白く作ろうかと毎日そればかり考えていると熱弁をふるった。

恭子はその熱弁があまり耳に入ってこなかった。昨日までの自分ならきっとワクワクしながら耳を傾けたはずなのに、なぜかそんな気分にはなれなかったし、ハイボールを三杯飲んでもちっとも酔わない。

家出をしてたった一晩で、もう現実に引き戻されてしまっているのかと思ったが、そうではなかった。

結局二階堂も、その辺にいる男とたいして変わらないのだと分かってしまったのだ。

待ち合わせ場所に佇んでいた二階堂は、明らかにセックスがしたいというだけで、このコロナ禍にノコノコと街まで出てきたのだ。抱いたことのない女で射精したいだけの下心がどうしようもなく丸出しだ。

だから交番前に立っていた二階堂が、いつもよりはるかにみすぼらしく見えたのだろう。自分から会いたいと言っておきながら、しかもセックスする可能性もあると分かっていながら、恭子は二階堂に対してそう思った。今も二階堂は熱弁をふるいながら、勃起くらいしているに違いない。

「ホテル、行きませんか」

気が付くと、恭子はそう言っていた。入店してから、まだ一時間ちょっとくらいだ。

二階堂は一瞬、キョトンとした顔つきになった。その顔に恭子は腹が立った。コロナ禍で赤の他人とホテルに行こうとしている自分もいかがなものかと確かに思うが、二階堂だってその流れを想定していたくせに、何を芝居じみた表情を作っているのだと思いつつ、「早く行こ」と言って恭子は自分から店を出た。

「まさかこんなことになるとはなぁ〜」

二階堂はのこのことついてきたくせにホテルの部屋でそう言った。

恭子は早くセックスしたかった。してしまいたかった。別にしなくてもいいはずなのに、なぜこんな行動をとっているのか、自分でもうまく説明はできない。ある種の自傷行為にも近いように感じた。

ただ、なぜか舞台の本番前のときのようなアドレナリンが出ていた。その懐かしい感覚は、恭子を高揚させた。だから大胆になれた。

恭子は羞恥心を感じることなく、さっさと裸になると、二階堂にその姿を見せてから一人でシャワーを浴びた。浴びていると、二階堂もシャワーに入ってきて、恭子に強引なキスをしてきた。

二階堂の激しいキスも先ほどのキョトンとした顔同様に下手くそな芝居のように恭子には思えた。

本当の芝居を見せてやると思いつつ、女優スイッチの入っていた恭子は、男どもが喜ぶように、激しく二階堂の身体を求め、下半身にむしゃぶりついてやった。

案の定、二階堂は燃え上がり、クソわざとらしい喘ぎ声をもらした。コンドームもつけていないのに、その場で挿入しようとしてきたときは、女優スイッチがオフになりそうなくらい冷めかけたが、ベッドに移動してなんとか気持ちを仕切り直した。

二階堂のセックスは驚くほど幼稚で、自分本位なセックスだった。

ろくな前戯もなく、そのくせ挿入してくるときには、「ビショビショだね」と気色の悪いことを言ってきた。

女が濡れるのは感じているからではない。男がフェラチオされれば勃起してしまうのと一緒で、ほとんど条件反射のようなものだ。

挿入すると、二階堂はあっという間に果ててしまった。

イッてしまうと、再びまたドラマへの情熱を語り始めたが、すべてがウソくさく聞こえた。ひとしきり語り終えると、今度は鼾が聞こえてきた。

今日、会わなければ良かったと恭子は思った。会わなければ、二階堂に対して幻想を抱いていられた。もう少しだけ理想を言えば、恭子からの誘いを断ってほしかった。二階堂が、どこにでもいる男だったと知りたくなかった。

「ヤバッ！」

そんな声とともに三十分ほど寝ていた二階堂は目覚めると、案の定そわそわし始めた。

あまりにもパターン通りだ。どうせ仕事をしなければならないから、あまり長居はできないなどと言い出すのだろうと思ったが、まったくその通りだった。

「そろそろカット割りとかもしないといけないんだよな」

本当にそうなら、クランクインが近づいているこの時期に脚本家とラブホテルになんかしけこまないだろう。あんなに脚本を大切にしてくれた二階堂だが、もしかしたらそれがこの男の常套手段なのかもしれない。監督からすれば新人脚本家なんか簡単に手籠《てご》めにできるだろう。だがこのご時世、分かりやすく口説けばセクハラと言われかねない。だからあんなに優しい振りをして、私からアプローチをかけるように誘導したに違いないと恭子は思った。

「カット割り、頑張ってください。あたし、このあと池袋で予定があるのでもう少し休んでから行きます」

ホテルを出てから駅まで二人で歩くのは苦痛すぎる。

恭子がそう言うと、二階堂は「ああ、そう。ごめん。また連絡するから」と言って、まるで逃げるようにさっさと部屋を出て行ってしまった。

それから恭子は、もう一度シャワーを浴びて唾液臭を落としてからホテルを出ると、池袋から湘南新宿ラインに乗って故郷の高崎へ戻った。

「はぁ……」

その二日前の出来事を思い出すと、さっきついたばかりの深いため息が、また出てしまった。

どうしてあんなことをしてしまったのだろうかと、恭子は若い頃に散々味わった自己嫌悪を久しぶりに味わっている。女優スイッチってなんだよ……と自分で自分に突っ込みも入れたくなる。

二十代後半から三十代前半にかけて、なんとか役が欲しくて、ワークショップに参加しては監督たちに媚や、時に身体を売ってきた黒歴史を思い出さずにはいられない。先日の二階堂のときは媚を売るというわけではなかったから、状況は違うのだが、後味は似たようなものだった。

「タメ息ばっかりついてるんだったら、そろそろ戻ってあげたら。大変でしょ、孝志君も」

そう言いながら母親の里子《さとこ》が居間に入ってきた。営んでいる定食屋の昼の営業が終わったところだ。コロナでお客も激減しているようだった。

恭子は返事をしなかった。どうせ里子は、このコロナ禍の中、出戻りのように東京から娘が戻ってきたことを近所に知られるのが恥ずかしいだけなのだ。

母は戻ってきたその日から、娘のことよりも、東京に残してきた太郎と孝志のほうを心配している。

確かに恭子だって、太郎には会いたいなとここ数日は毎日思っている。だが、今回は簡単に戻るわけにはいかない。孝志に少しだけでも太郎の面倒くささを思い知らせたかった。パート先のカード会社にも、コロナが怖いからしばらく休ませてほしいと連絡ずみだ。

このまま居間にいても里子の小言が続くだけだし、もうすぐ父親の作郎《さくろう》も戻ってくる。居づらくなるだけだから、恭子が部屋を出て行こうとしたそのとき、スマホが震えた。

着信画面には「糸原P」とある。

心の中で恭子は、何度も電話をしてくる孝志かもしくは二階堂を想像していた。孝志にはうんざり、二階堂にはがっかりだったはずなのに、そのどちらかからの着信を期待している自分がいた。孝志ならきっと泣きながら許しを請う電話に違いないだろうし、二階堂ならば先日のあのことを挽回してほしいと、それがどういうことなのかは分からないが、心のどこかで期待している自分がいた。

「はい、大山……村沢です」

いつ頃から孝志の姓が普通に口から出て来るようになってしまったのかもう分からないが、孝志でも二階堂でもなかったことに少々がっかりした気持ちで恭子は電話に出た。

「あ、糸原です。今、ちょっと大丈夫ですか？」

「はい……」

糸原の声のトーンに、恭子はなんとなく嫌な予感がした。

「あの、実はドラマのことなんですけどね」

嫌な予感は的中するだろうと恭子は確信した。

「やはり今の状況を鑑みて、いったん凍結といいますか、ちょっと今は撮影できないんじゃないかとキャスト陣のほうから言われてしまいまして……本当に苦渋の決断なんですが……」

「はぁ……」

「再開の時期なども未定でして、キャストもいったんバラシとなるので、今後がどうなるかは分からないのですが……来年仕切り直すのかどうかなど、今後協議を重ねていきますので、ちょっとしばしお待ちいただきたいというか、こちらもこういう事態は初めてなものでして、どうなるのかはっきり申し上げられず心苦しいのですが……」

糸原は話を着地させることができず、まどろこしい言い方を続けたが、新人の恭子だってそれを聞いてなんと言っていいのか分からない。ただただショックでしかない。

「でも、あの、僕は村沢さんは非常に優秀なライターになる素質があると思いますので、またぜひご一緒できる機会は作りたいと思ってますので……本当に申し訳ありません」

「分かりました……あの……」

「あの」と言ってみたものの、恭子はその先何を聞いていいのか分からなかった。

「じゃあ……連絡お待ちしています」

かろうじてそう言って電話を切ったが、今後何か連絡はあるのだろうか。今は身体中の力が抜けてしまったような感覚だ。そのまましばし呆けてしまったが、ふと、二階堂はこのことを知っていたのではないだろうかと思った。だからこそ、あんな醜態を——あえて醜態と言わせてもらうが——私の前で躊躇なくさらしたのではないかと思った。どうせもう会わなくなるのだから、最後に一発やっとけと思ったのではないか。

「大丈夫かしら、孝志君。太郎、今大変なんでしょ」

電話を切って呆けている娘の様子などまったく眼中に入らないのか、里子はそう言った。

恭子の中で、何かがキレた。

「知らないよ、そんなの！　私のほうがもっと大変だよ！　だから戻って来たんでしょ！　なんで自分の娘より孝志の心配してんの！　太郎ならまだ分かるけど、なんなの孝志が大丈夫かって！　なんでそんな世間体ばっかり気にしてんの！」

恭子がまくし立てると、里子は一瞬驚いたような表情を見せながらも、呑気な言葉を続けた。

「そんな意味じゃないわよ。ちょっと孝志君大丈夫かしらって思っただけよ」

里子は平静を装ったように見えるが、きっと内心では突然キレた娘の姿に動揺しているはずだ。それをなんとか見せまいとしているのもまた恭子の怒りに火をつける。

「あたしが帰ってきて近所に恥ずかしいんでしょ！　コロナの真っ最中に、子供置いて帰ってきた娘が、恥ずかしくてたまんないんでしょ、お母さんは！」

ドラマの撮影が中止になったばかりで半分八つ当たりなのは分かっていたが、でももう半分は本音だ。この母親は自分の娘の心配など二の次なのだ。それよりも、孝志を置いて出てきたことで、それが離婚につながらなければいいと思っているに違いない。

昔からそうだ。母は他人の目と父の目を一番気にしている。それが恭子はたまらなく嫌だった。人目ならまだしも、父の悪口をしょっちゅう言うくせに、恭子が何かをやりたいと母に相談すると、賛成もせず反対もせず、里子はすべて父の作郎《さくろう》にお伺いを立てる。

大学には行かず、俳優を目指すと言ったときもそうだ。恭子はなんとなく作郎には相談しづらかったので、まず里子に自分の気持ちを話した。

「お母さんはいいんだけど、お父さんがなんて言うかしら。お父さんに聞いてみなくちゃ。お父さん、あなたには大学に行ってほしそうだったから。私はどっちでもいいんだけどね」

他人に判断を委ねる母の言い方が、恭子はたまらなく嫌いだった。そのくせ父が俳優の夢を後押ししてくれるとなると、「俳優なんて簡単になれるものなのかしら。ちょっと不安だけど」などとこちらのやる気をそぐようなことを言うのだ。いちいち作郎にお伺いを立てながら、作郎の決定に陰で文句を言うのが常だ。店を改装したときもそうだ。改装すると言い出した作郎の前では特に大きな反対もせず、作郎のいないところで、「改装なんかしなくてもいいのに」とずっと言い続けていた。

「だったらお父さんに直接そう言えばいいじゃん」と言うと、「お父さん、頑固だから恭子から反対してみてよ。私が言っても聞かないから」などと言う。対等に話し合うというスタンスが最初からないのだ。

自分で決められることといえば、買う洋服と髪型だけのこの母親みたいな生き方だけはしたくないと恭子はずっと思っていた。女優という道を選んだきっかけも、そんな母への反発のようなものも少なからずあった。

母は時おり、思い出したように「手に職をつけなさい」とも言った。自分が唯一取った調理師免許のことを言っているのだろうが、思い通りに生きられなかった自分を正当化しているようにしか聞こえなかったし、もっと言えば、恭子の人生を、自分のつまらない人生に引きずり込もうとしているようにすら聞こえた。同じような人生なら見通しが持てるから不安が少ないだけなのだ。

それに恭子は里子から褒められたことがほとんどない。運動会で一等賞をとっても、成績でオール5をとっても、何かのオーディションに受かったときも「あら、運がよかったのかしら」などという言い方をする。一度そのことで、恭子は里子に激しくキレてしまったことがある。どうしてあなたは人を褒めないのだと。そのとき里子は「そう？　褒めてるじゃない。照れ臭いのよ」などと言ったが、納得できなかった。

孝志の母親は、逆に腹立たしいほど孝志を褒めちぎる。自分が女優の道を諦め、孝志が映画監督になれた差は、幼い頃からの親からの褒められ方に大きな違いがあるのではないかと恭子は思ってしまうほどだ。

「だいたい昔からお母さんはあたしを認めてない！　あたしに興味がない！　だからあたしがこんなふうになっちゃったんだよ！」

いろいろと昔を思い出して恭子は言った。

「どんなふうになっちゃったのよ」

分かっているくせに、とまどったような薄笑いを浮かべて分からない振りをするところも大嫌いだ。

「分かってんでしょ！　やめなよ、いい加減になんにも分かってない振りするの！」

そのとき作郎が店から戻ってきた。

「なにケンカしてんだ。外まで聞こえてるぞ」

自分がキレたら、父はほぼ何も言えないことを恭子は分かっている。父をなめているわけではない。怒鳴られたことも何度もあるし、怖いとも思っている。だが、自分の機嫌次第で父をある程度コントロールできることも分かっている。そのくせ娘に簡単にコントロールされる父にも腹が立った。

「別にケンカじゃないよ。ケンカにもなんないし」

恭子は言い捨てると、居間から出た。

高校を卒業して自分が出て行ってからは、たまに里子が掃除をしているくらいの埃っぽい自室に閉じこもると、今度は自己嫌悪が襲ってくる。

こうして母親に対して八つ当たりのように怒鳴り散らしてしまうことは、中学生の頃からちょくちょくあった。その都度自己嫌悪に陥った。それは、自分がそんなにたいした生き方ができていないからだ。思うような人生を生きられていないからといって、母親に辛く当たってしまう自分のことも嫌だったのだ。定食屋という商売のことを恥ずかしいとも思っていた。親の仕事を恥ずかしがるような、自分がそんなつまらない人間なのは、この両親に育てられたからではないのかと思ってしまうのだ。

女優を諦めて結婚に逃げ、そのことを必死に正当化している自分も母と同じだと思ったこともある。洋服が大好きで、派手な髪型を好む母は、この田舎町では目立つ存在だった。きっと母には思い描いていた別の人生があったのではないかと思う。その人生を生きることができず、父の実家の定食屋に逃げるように嫁いだのではないのだろうか。

だからいつも小さく不満を言いつつ、でも父に逆らうことがほとんどないのだ。

気が付けば、それは恭子の生き方そのものだった。孝志に小さな不満を抱きながら、逆らうことがほとんどできなかった。そして自分が思うように生きられていないことを、孝志のせいにしていた。でも、それはほとんど自分自身のせいなのだ。

恭子はスマホに入っている太郎の写真を眺め始めた。太郎のかわいい写真を見れば少しは気持ちが落ち着く。だが多くの写真は孝志と写っている。孝志の顔はなるべく見ないようにしたが、どうしても目に入ってくる。写真だけ見ればいい父親の姿だ。見てくれがいいだけの父親ではあるのだが、発達障害の息子を置いて家出をできるのだから、それはある意味孝志のことを信用しているということなのかもしれない。

「罰が当たったのかもしれないな……」

ふと恭子は思った。シナリオコンクールで受賞して、さあこれから新たな人生を生きようと思っていた矢先のコロナ禍は、思い通りに生きられなかったことを、人のせいにし続けてきたことへの罰に違いない。そう簡単には新しい人生のスタートを切らせてくれないのが人生なのかもしれない。

気が付くと、恭子の目から涙がどんどん溢れていた。

第四章

1

もう限界だ。

目を爛々と輝かせて、夢中になってゲームをしている太郎をボンヤリと眺めながら、孝志はそう感じていた。この三日間、孝志も太郎も一歩も家から出ていない。

食べて寝て起きて太郎はゲームをし、孝志は何もしていなかった。グルメドラマが中止になって以来仕事はないが、映画を見たり、本を読んだりする気力もなかった。

ただただぼんやりとネットサーフィンをして、腹が減れば、買いだめしてあったペヤングを太郎と食べた。ペヤングは大好きだから飽きなかったが、これだけ続けば心身が蝕《むしば》まれていくような感覚には陥った。陥ったまま、なぜかそのまま放置していたい気持ちにもなった。美味しい美味しいと言って食べる太郎のことも、そのまま放置した。

ひどい言葉をぶつけてしまった母親は、「これ以上一緒にいると、言葉の暴力で殺されそうだから」と、半分嫌味のような言葉を残して三日前に鳥取に帰ってしまった。帰る間際まで孝志は母親とぶつかった。孝志が高円寺のマリモのマンションで覗き行為をして帰ってくると、待ち構えていた母親が縁を切ろうと言ってきたのだ。

「はぁ？　何言ってんの？」

その言葉を聞いたとき、孝志は正直またかと思った。「縁を切ろう」という言葉は今までも何度か言われたことがある。たいした覚悟もなく母は言っているのだ。すぐにこうやって物事を大げさな方向に持って行き、話を面倒くさくさせる傾向が母にはある。孝志は母のそういうところがずっと嫌いだった。年を取ってきたからか、最近は輪をかけてそれがひどくなってきている気がする。最近というか、恭子と結婚してからかもしれない。だがそんな母の特性を孝志も受け継いでいる自覚はあった。

「もう無理よ。縁を切るのがお互いのため。あたしはもう、あなたとは無理。限界」

あくまでも自分のほうが優位に立っていなければ気がすまないような、そんな物言いも母の特徴だ。

「いいよ、いいよ。じゃあもう縁切ろう。言っとくけどそっちが言い出したんだからね。もう二度と連絡してこないでよ。だったらもう今すぐ帰ってよ」

孝志は受け継いだ母の性質をさっそく発揮した。すでに夜だし、これから鳥取に帰ることなど不可能なのは分かっているが、言ってしまった。これ以上、この母親を相手にしたくなかった。もううんざりだった。と同時に自分とそっくりな母の嫌な面を目の当たりにして自己嫌悪になるのもうんざりだ。

「うん。もうそれでいい。あんたもそのほうがいいでしょ。でも、今からなんて帰れないから今晩だけ泊めてよ。お願いだから。そのくらいの恩情はあるんでしょ、あんたにも。一応、こうして心配して東京まで出てきてあげたんだからさ。コロナがウジャウジャの」

母は打って変わって、わざとらしく憐れみを誘うような言い方をした。孝志はそれにも腹が立った。よくも息子の前でこんな芝居じみた言い草ができるものだ。せめて縁を切ろうと言ったときと同じように、それこそ芝居でもいいから毅然と、「こんな時間に帰れないから、明日まで泊まるわよ」くらいの言い方はしてほしかった。そんなふうに思ってしまうのは、親への甘えなのだろうか。

「太郎、おばあちゃんね、明日の朝、鳥取に帰るね。元気にしてるんだよ」

太郎はゲームに夢中でろくに反応しなかった。

「あんたがこんなんじゃ恭子さんが出て行くのも分かるわ」

最後の嫌味のように母は言った。

「何？　こんなんじゃって」と孝志は問い返した。

母はもう何も言わなかった。

その晩、孝志は母へのイラつきと自己嫌悪でろくに眠れなかった。それは母も同じだったのかもしれない。早朝の四時過ぎには部屋を出て行く音がした。謝るべきかと思ったが、身体が動かなかった。

母の言うように、このコロナ禍にせっかく東京まで来てくれたことに、まずは感謝すべきだったかもしれない。だが恭子を責める母の言い草にどうしても素直な気持ちにはなれなかった。

母が帰ってしまってから三日、恭子が出て行ってから今日で十日ほどだが、太郎は「ママは?」と言う回数が少なくなってきた。この状況に慣れてきたのか、もしくは麻痺してきたのだろう。こうして子供の心というのは簡単に死んでいくものなのかもしれない。だが自分は心だけでなく、実際に死なすことのできる人間なのかもしれないと孝志は思った。

虐待やネグレクトで子供を死なせるニュースを見るたびに心を痛めつつも、自分も含め誰もがそんなことをしでかしてしまう可能性はあるということを、さもモノづくりをしている人間が言いそうな綺麗ごととしてのレベルでは思っていたが、今はリアルに実感している。自分は子供を殺してしまえる人間なんだと。だからこそ一人でいたくない。やっぱり絶対に離婚はしたくないと孝志は思った。

この状況で一人になれば、心が死んで、太郎だけでなく、自分自身をもネグレクトしてしまうだろう。自分自身が壊れてしまうのが怖いという保身のためだけと言っても過言ではないが、孝志はどうしても恭子とヨリを戻したかった。

そんなことを思いつつ、ぼんやりとスマホで芸能ニュースを見ていると、小さなニュースに行き着いた。

『東西テレビシナリオ大賞、受賞作はコロナの影響で撮影無期延期に』

恭子の脚本デビュー作の撮影がどうやら中止になったのだ。

その見出しを読んだ瞬間、孝志は久しぶりに心がフッと軽くなるような感覚を覚えた。そんな自分を最低だと思うが、最近の身も心も壊れていきそうな日々に、小さな光が差したような感覚にすらなった。

きっと今頃、恭子は激しく落ち込んでいるだろう。許してもらうならば今しかない。こんなことに付け込んで許しを請うのは卑怯かもしれない。ただ、それだけ許されるために必死なのだと、変に自分を肯定できるのは、あの母の育て方のおかげもあるのかもしれないと、心が軽くなったからか、孝志は母にも感謝の気持ちまで湧いてきた。

孝志は、恭子のお父さんとは馬が合わないからあまり会いたくないが、きっとお義母さんは自分を受け入れてくれるはずだと思った。以前から孝志と恭子がケンカをすると、お義母さんは孝志の味方になることが多かった。恭子は自分の母親のそんなところが大嫌いだと言っていた。人の目ばかり気にしているように見えるのだという。だからと言って、孝志の母親のように、百パーセント自分の子の味方になる人間を見るのも腹立たしいと言っていた。だがそれは、自分の母に限ってのことだろうと孝志は思っている。人間的にかなり未熟な息子なのに、完全に全肯定というのが恭子はきっと腹立たしいのだ。

善は急げとばかりに、自分自身の気持ちが少しでも上向いた今すぐ、恭子に連絡を取るべきだろうと思い、孝志は殴ってしまったことの謝罪と、自分一人では太郎を死なせてしまいそうだ、自分は未熟すぎた、どうにか許してもらえないだろうかとＬＩＮＥを送った。

そしてそのまま、恭子の実家に電話をした。恭子は今のＬＩＮＥに返信してこない可能性もあるし、実家に電話したほうが自分の切実さもより伝わるはずだと孝志は計算した。

数回の呼び出し音のあとに電話に出たのが、まさかのお義父さんだったので、孝志は思わず電話を切ってしまったが、五分後にかけ直すと今度はお義母さんが出た。

「ごめんなさいね、迷惑かけて。大変でしょ」

やっぱりお義母さんは、孝志を責めるどころか、謝ってきた。自分の母とは真逆だ。

「いえ、とんでもないです。こちらこそこんな状況のときにすみません。あの、ちょっとそっちまで会いに行ってもいいですか？　太郎も恭子にものすごく会いたがってまして……」

孝志がそう言うと、義理の母は「どうぞ、どうぞ」と気持ちよく言ってくれた。

2

朝九時に目覚めると、両親はもういない。店の営業は十一時半からで、仕込みは前の晩にほとんどすませてあるはずだ。恭子がこの家で過ごしていた高校時代までは、確か十時くらいまでは両親は家でゆっくりしていた記憶がある。こんなに早く家を出なくてもいいはずなのだが、数日前から恭子が目覚めると、すでに両親は家を出ている。どうせ顔を合わせても、親は小言を言いたくなるだろうし、恭子だって聞くのは嫌だ。ロクな空気にならないから、向こうも恭子を避け始めたのだろう。恭子にとってもそのほうが楽なはずなのに、なぜか腹が立ってしまう。向き合ってもらえていないと思ってしまう。まるで反抗期だった中学生のときのような心境だ。あの頃、両親が何を言っても、どんな態度を取ってもそれに反発したくなった。

このまま家でダラダラしていても退屈だし、昼の営業が終われば両親だってここに戻ってゆっくりしたいだろう。自分がいることで戻れないと思われるのも嫌だから、恭子は本を数冊持って家を出て、自転車で二十分ほど行った幹線道路沿いにあるファミレスに行く。それがここ数日の日課だ。

ファミレスに行けば、知った顔に会うかもしれないから、里子は恭子がフラフラと出かけることを嫌がったが、恭子はなんとも思わなかった。まだ完全な出戻りというわけでもないし、たとえそうなったとしても、それの何が悪いのだと思う。

朝の九時に目覚めると言っても、夜遅くまで起きているわけではない。だいたい十時くらいには瞼が重くなり寝てしまう。時間だけで言えば毎日十時間以上寝ていることになる。さすがに身体が重くなってきている実感はあったが、怖くて体重計には乗っていない。

これだけ貪るように眠ることができるのは、やはり疲れていたのだろう。だからこれくらい休んでも当然だろうと思う。それをあの両親は、特に母は、娘は疲れ切っているのだなとなぜ思えないのだろうか。

ドリンクバーのコーヒーを飲みながら、恭子はまた腹が立ってきた。我ながら、あの両親からどうして自分のような子が生まれたのか不思議になる。とはいえ、両親のその煩わしさなど許容範囲だ。

ドラマの撮影が中止になってしまったことは当然残念だし、今も落ち込んではいるが、それを抜きに考えると、今現在のこの実家生活は正直かなり快適だ。読めていなかった本もこうしてたくさん読める。小腹が空けば、大して美味しくはないが、ファミレスで何かを食べて過ごせる。ここに何時間いてもまったく苦ではない。

「もうほんと耐えられないわ。あいつが家にいるだけで窒息しそうになる」

「息つまるよねー。少しは子供連れてどっか行ってくれりゃいいのに、部屋にこもってパソコンの前から動かないしさあ」

近くの席で、恭子よりも若い女性が二人、そんな話をしている。コロナで自宅での仕事が増えた旦那への文句だろう。

彼女たちの席の周辺では、いたずら盛りの三歳くらいの子供が二人、ウロウロしている。きっと彼女たちの子供なのだろうが、もう完全に放置だ。そのうちの一人が恭子のところにやってきて、フォークを差し出した。恭子はニコッと笑顔を向けた。かわいい顔の子だなと思った。お母さんたちは、それでも子供たちが目に入らないのか、入っていても素知らぬ振りをしているのか話し続けている。

太郎もこのくらいの年齢の頃は、外食に連れて行くと席を離れてウロウロしていた。三歳くらいなら当然だと言って、孝志もウロウロする太郎にあまり注意はしなかったが、恭子は気になって仕方がなかった。他人の子がウロウロしているのは寛容になれたが、自分の子が他人に迷惑をかけることはどうしても許せなかった。これも結局、自分の家族よりも他人の目を気にする母の呪縛なのかもしれない。

「ほら、チカ。そっち行っちゃダメ。すみません」

ようやく気づいた母親が子供を連れて行った。チカと呼ばれたその子は天使のような笑みで恭子に「バイバイ」と言った。恭子も「バイバイ、かわいいね」と言った。

その子の笑顔を見て、恭子は猛烈に太郎に会いたくなった。

目をひんむいて、歯を剝き出しにして癇癪を起こす太郎が悪魔に見えることもあるが、そうでないときは基本的には面白くて優しい子だ。天使のような寝顔の太郎を抱きながら寝ているとき、心の底から幸せだと感じる。

今頃どうしてるかな……。

そう思うと、鼻の奥がツンとしてしまうのだが、それでも自分自身はここでゆっくりと本を読んでいられる。そんな自分にがっかりする気持ちもある。

結局私は、太郎のことがそんなに好きではないのだろうかとふと思ってしまうのだ。

もちろん人並みに愛しているとは思う。発達障害のことに関しても、孝志はなにもしなかったが、自分はいろんなことを調べて、この状況でも通わせてもらえる療育を必死に探し出した。すべては太郎が、心穏やかに過ごせる場所を確保したいという思いからだ。なのに、何もしていない孝志と比べて、我が子を愛している度合いが少ないように感じてしまう。

孝志はとにかくバカみたいに太郎を全肯定なのだ。太郎の周辺の子などほとんど目に入っていないか、たまに入っていたとしても、「なんで太郎だけこんなに飛びぬけてかわいいんだろうね」と本気で言っていた（孝志はあまり他の子供と太郎を比べはしなかった）。

恭子だってよその子と比べて太郎が一番かわいいと思っていたが、それを口に出せなかった。口に出せるか出せないかが、本気でそう思っているかどうかの分かれ目のような気がした。そんなふうに考えてしまうのも育てられ方のせいだと、どうしてもそこに行き着いてしまうのだ。

孝志の母親は、子供が一番大切で、生活は二の次だった。恭子の母親には、子供よりも大切な、生活というものがあった。

例えば孝志の母親は、今でも恭子に孝志の自慢をする。恭子にだけではない。孝志の友人やスーパーマーケットなどで会う自分の友人にも自慢をしているらしい。反対に自分の母親がよそで娘の自慢などしている姿は想像もつかない。

太郎に会いたいなと思いながら、こうしてここで平気で子供のいない生活を満喫できてしまうのは、そんな違いがあるのではないかと思ってしまうのだ。

もしかしたら、我が子を十日間も放置してこんなところで読書を楽しめる自分は、このまま平気で太郎を手放すことができてしまう人間なのではないか。そんな人間でも、それはそれで仕方がないじゃないかと思えればいいのだが、思えない。自分がそうなってしまったのは、やはりひとえに親からの育てられ方のせいではないかと思ってしまう。そんなふうに、すべてを人のせいにしてしまう自分がどうしようもなく嫌だった。そしてこんなに私を苦しめる親が憎かった。

そのときスマホが震えてＬＩＮＥが来た。孝志からだった。

『もう限界です。ごめんなさい。俺には一人で太郎を育てられません。恭子が必要です。太郎にも俺にも恭子が必要です。せっかく恭子がシナリオコンクールで賞をとって、新しい世界に出て行こうとしていたのに、俺は足を引っ張りました。そういう人間でごめんなさい。でも、なんとか変わるから、もう一度チャンスをください。今日、そちらに行きます。勝手に行きます。ごめんなさい』

芝居じみた内容とはいえ、自分が追い込まれたときに、こうして相手に甘えられる孝志が本当に腹立たしいし、羨ましい。私にはこういうことができない。

女優をしていたころ、役を得るために媚びへつらうことはできたのに、実生活においては、甘えられる相手がいないし、甘えることが下手だ。

これも育てられ方のせいに違いないと、恭子はまたしても思ってしまった。ＬＩＮＥに返信はしなかった。

怒りとかまだ許せないとかそういう気持ちからではなく、なぜか返信をする気になれなかった。

3

居間で出されたお茶を飲みながら、相変わらず居心地の悪い家だなと孝志は思った。お義父さんは、ほとんど孝志の顔を見ない。世界がこんな状況なのだし、映っているテレビではずっとコロナの話題だし、普段はほとんど共通の話題がなくて困るのだが、今は幸か不幸かそのコロナという恰好の話題がある。なのに会話はほとんどない。

「コロナになってないよね？」

恭子の実家に到着したとたんに、嫌味なのか、つまらないユーモアのつもりなのかよく分からない言葉を義理の父は言うと、太郎と遊ぼうとしたが、太郎は照れているのか、おじいちゃんを相手にせず、来てすぐにゲームを始めてしまった。

孝志はなんとか会話をしようと、「やっぱりお店は大変ですか？」と聞いたが「大変に決まってるじゃない」とお義父さんは不機嫌そうに言って、そこから会話は途切れた。

この状況で娘を実家に帰してしまったことに怒っているのか、それとも義理の息子がいると居辛いのか、夕方の店の開店までまだ二時間もあるというのに、お義父さんは、ここにいるのが耐えられないという感じで出て行ってしまった。

お義母さんも、「ごめんね、孝志君も大変でしょ、お仕事の関係も」と言いながらお茶を出してくれたが、孝志がいる居間にはほとんど来ない。何をしているのかよく分からないが、キッチンの奥でせっせと動き回っている。

太郎に話しかけても、やっぱりゲームばかりしているから、お義母さんもかなり手持ち無沙汰な感じだ。

「恭子、もうすぐ帰ってくると思うから、ゆっくりしててね」

そう言うと、お義母さんも出て行った。

申し訳ないという気持ちもほとんどなく、孝志はこれでようやく一息つけると、ゴロリと横になった。

4

恭子は孝志から来たLINEに返信はしなかったが、心のどこかでLINEが来たことに少しホッとした気持ちはあった。ホッとしたというより久しぶりに何か心に余裕のようなものを感じた。その余裕というのは、孝志から許しを請うてきたことへの余裕なのかよく分からない。

今まで散々思い悩んできたことが、スッと消えてしまったような感じだ。完全に前向きな感じかというとそういうわけではないのだが、でも今までの自分とはちょっと違ったような心持ちになっていた。孝志が実家まで来るということに対して、ほぼ何も感じていないような感覚だ。

ＬＩＮＥが届いてからもいつものように数時間読書をして、そろそろ孝志が着いたかなと思う頃に、恭子はファミレスを出た。

孝志には会いたいとも会いたくないとも思わなかったが、さすがに太郎に会えることは嬉しかった。

家に帰ると、両親はおらず、孝志は居間でうたた寝をしており、太郎はニンテンドースイッチをしていた。恭子には気づいてくれない。きっとずっとこんな感じで過ごしていたのだろう。申し訳ない気持ちと、愛おしい気持ちで胸がいっぱいになった。

「太郎」

恭子が呼ぶと、太郎はようやく顔を上げた。その表情が、パッと明るくなった。

「ああ、ママ！」

これがドラマや映画なら、きっと太郎はゲームを放り出して恭子に抱き付いてくるのだろうが、太郎はゲームを放り出すことができなかった。それでも恭子のほうを見ようと一生懸命顔を向けようとはしてくれる。だが目線はゲームに吸い寄せられてしまう。それでも恭子は十分だった。

「ごめんね」

恭子はそう言うと、ギュっと太郎を抱きしめた。

抱きしめながら、でも、私はこの子がいなくても生きていけてしまう母親なんだという ことを感じた。感じなければならないとも思った。

「あ、帰ってたんだ……」

目覚めた孝志が口の周りに少し垂れていたよだれを拭って言った。

恭子は無視して太郎を抱きしめ続けた。

「あの……」

孝志が何か言おうとする。

「やめて」

恭子は太郎を抱きしめたまま孝志の言葉を遮った。すぐに自分の気持ちだけを伝えようとする孝志のそういうところが嫌いだ。

今、自分は太郎の身体の温かみだけを感じていたいのだ。それを邪魔してほしくない。

「ママ、どいて」

だが恭子の気持ちを理解できない太郎はそう言うと、恭子の顔を手で押しのけるようにした。その太郎の動作には、「今はゲームをしたいんだ」という強い意思しか感じられない。悲しい気持ちになってしまうが、これが太郎なのだ。

「あの……」

孝志がまた口を開いた。

「太郎の前で話したくない」

「じゃあ……どうしようか」

「待ってよ、お父さんとお母さんが帰ってくるまで。相変わらず自分のことしか考えられないんだね」

恭子がそう言うと、孝志は「分かった」と神妙な表情で返事をした。

5

太郎を恭子の両親に任せて（と言っても太郎はゲームをしているだけだが）、孝志と恭子は、恭子の部屋に入った。

初めて恭子の実家に来たとき、この部屋で孝志と恭子はセックスした。自分の知らない恭子が過ごしたこの部屋にいると、孝志はなぜだかどうしようもなく欲情した。そしてこの部屋でセックスすることで、恭子をこれまで以上に征服したような気分に浸っていた。

「で、何？」

孝志がそんな感傷に浸るのを拒むかのように、恭子は孝志と向き合うと早口で言った。孝志の目は見ていなかった。

「いやあの……なんていうか、まあだいたいはLINEに送った感じなんだけどね……」

思いの他厳しく頑なな態度の恭子に、孝志は少し気圧《けお》されながら言った。恭子は黙っている。いったい何を考えているのか孝志は計りかねた。何を言っていいものかも分からなかったが、沈黙が息苦しかったので、ほとんど意味のない言葉を続けた。

「なんか……でも、こんなに会わなかったの……多分初めてだよね、結婚してから。十日以上」

「……そうだね」

そう答えた恭子の口調は、さっきよりはわずかにだが柔らかくなったような気がした。孝志は少しホッとしたが、やはり恭子は黙っている。

「あ、お義父さん……相変わらずかたいね。……こんな状況で東京から来るなって……」

「だってあたし言ったもん、殴られたこと。普通の親なら追い返すでしょ」

「あ……うん、そうだね。ほんとに……」

会話に困ったとはいえ、あまりにつまらないことを言ってしまったなと孝志は後悔した。

「ごめん。暴力ふるって……」

まずはそれを謝るべきだった。

6

恭子は叩かれたことはもうどうでも良かった。あんなことを言えば、たいていの男は手が出るだろう。自分だって同じことを言われたら手が出たかもしれない。孝志の暴力を許すという気持ちはないが、なんだかもうどうでもいいような気持ちだった。

「何？　話って」

話しあぐねている孝志に助け舟を出すつもりで恭子はもう一度聞いた。

「あ、うん、えーと……あ、残念だったね。ドラマ。中止になっちゃって……」

「嬉しい？」

ほとんど条件反射のようにその言葉が口から出てきてしまった。

「え、いや、なんで……？」

「嬉しいんじゃないの。あたしの楽しいことがなくなったから」

言いながら、さすがに恭子も自分自身が少し嫌になった。だが、目の前でわざとらしく神妙な顔をしている孝志は、それを知ったとき絶対に喜んだはずだ。

「あーあ、ヤな女……」

恭子がつぶやくと、孝志は「……ごめん」と、また芝居じみた神妙な顔を作って謝った。

「……何が」

「そんなふうに……恭子に言わせて……」

「何、そんなふうにって」

「自分で自分のことを……嫌な女とか……」

「でも思ってんでしょ、嫌な女って」

「でも……俺がそうしちゃったわけだし、恭子のことを」

やっぱりこの人が言うと、どんな言葉もいかにも頭で考えたようなセリフに聞こえる。ただ、もしかしたら今回は、少しは本気で孝志はそう思っているようにも見えた。

「俺……確かに恭子の言うように……嫉妬深くて卑屈で……恭子がシナリオコンクールで賞をとったこととか……それだけじゃなくて俺に内緒でシナリオ書いてただけで面白くなくて……。俺、恭子に充実した人生を送ってほしいとは思ってたけど……なんていうかそれは自分の目の届く範囲っていうか……俺の手の届かないところで恭子が楽しんでると、ほんと不機嫌になってたし……面白くなかった。恭子の人生を縛り付けようとしてた……。ほんとにごめん。ごめんなさい」

どうやら孝志は、今回だけは今までのような上っ面の芝居だけで言ってはいなそうだ。この人なりに、一番みっともないところを認めようとしていることは恭子に伝わった。

7

孝志は、正直に自分の醜いところを言ったつもりだが、言いながら、これもやっぱりどこか芝居じみていると思った。弱さを認めることなど、表面上だけなら簡単にできるし、問題はその弱さを認めた上でどう行動するかだろう。ただ、以前、恭子とセックスがしたいということを長々と演説したときは、半分くらいは芝居が入っていると自覚しながら話していたが、今は二割程度の演技だ。自分にとってはそれは大きな変化だった。

「別に……あなたのせいじゃないよ。せいも少しはあるけど。ほんとヤな女だなって思うもん」

恭子はポツリと言った。その口調から、孝志は自分の気持ちというのか、誠実さが少しは伝わったのかもしれないと感じた。

「ここに戻ってきてね、すぐ母親に当たり散らしちゃった……。なーんかお父さんに気ぃ遣ってばっかりの姿見てるとイライラして……。何かするたびにお父さんに聞いてみなきゃって……まああの年代の人はそんな人が多いんだろうけど……。そのくせあたしにはお父さんの悪口もよく言うの。本音と建前の使い分けが前から気持ち悪かった……。あーあ、あたしはこの母親に育てられたんだなあって思うと、ついつい八つ当たりしちゃって……自分がこんな人間になっちゃってるのはお母さんのせいじゃないかって」

恭子のこうした弱い部分の本心を聞くのも初めてのような気がする。今まで言えなかったのか、それとも自分に聞こうとする態度がなかったのか。おそらく後者だろうと孝志は思った。

「気づいたらあたしって……ぜんぶ人のせいにしてるんだよね。あたしの人生が楽しくないのは……あたし自身のせいなのにね……。ほんとはそんなこと、とっくに気づいてたはずなのに……ずっと見て見ぬ振りしてきた……」

聞いていて孝志は胸が詰まる思いだった。恭子の言葉には自分と違ってウソがないように思えた。そんな恭子の人生が前に進みそうだったとき、確かに自分は彼女の足を引っ張ったのだ。だから恭子は人のせいにしていいのだ。少なくとも孝志のせいには。

「そんなの……よくあることでしょ。誰かのせいにしちゃうなんて。俺が恭子の足を引っ張ったのはホントなわけだし……。俺だって自分のシナリオの仕事がうまくいかないのを監督やプロデューサーのせいにしたりすることもあるけど……。ていうかかなりしてるけど。でも、良い仕事するやつにはちゃんと良い出会いがあるんだよね。自分が真摯に仕事に向き合ってないだけで」

「ダメじゃん、二人とも」

恭子は少し笑うと、いつしか溢れてきていた涙を拭いながら言った。

「ダメなのは俺だけでしょ。俺、この十日間ほど、本当にダメだった。ダメを通り越してほとんど廃人だった。太郎のこともほったらかしで……家もゴミ屋敷で」

「だろうね」

「また……セリフっぽいって言われるかもしれないけど……本当に今さらだけど……ようやく恭子と太郎の大切さに気づいた。こういう状況になってから毎朝、太郎の勉強を見るのも面倒だったし……正直家事や育児もちょっと疲れてきてて……」

「ちょっとじゃないでしょ。だいぶ疲れてたでしょ。やってるのはあたしの半分なのに」

少しだけ冗談めかすように恭子は言ったが、家事も育児もおそらく恭子の半分もやっていないだろう。

「ほとんど恭子に任せきりにしてたのに……さっさと元の世界に戻ってほしいってことだけ思って……でも、恭子のいない世界がほんとの地獄だなって……恭子と太郎がいてくれたらもう他にはなんにもいらないなって……本当に今さらだけど、思った」

恭子は鼻で笑った。でも、それは嫌な笑い方じゃなかった。

「ほんとセリフっぽい。しかもぜんぜんダメなセリフ。やっぱり才能ないんじゃない。シナリオライターの」

その恭子の言葉に、孝志は少しだけ心が軽くなった。恭子は許してくれようとしているように見えた。

「……ね。でもホントだから」

「何が？　才能ないのが？」

「それもホントだけど……恭子と太郎と一緒に生きていきたいことが……。もちろん執着もあるんだろうし……もっと正直に言うと打算もある。こんな状況の中で、このまま一人で年取っていくのはほんと寂しいし……。きっと俺なんかこれから出会いもないだろうし、脚本家崩れなんてもう孤独死するしかないだろうなって……」

「絶対孤独死だよね」

「だから一人になりたくないっていうのもあるけど……。俺はやっぱり恭子とずっと一緒にいたいです。俺、恭子としゃべるのがすごく楽しいんだよね。それが恭子には楽しくないものになってたのは……恭子をちゃんと一人の人間として見ていなかったのかもしれない。俺のために恭子がいると思ってたのかもしれない。ほんとに申し訳ないけど……でも、恭子と一緒に人の悪口言ったり、映画やドラマの感想言ったり……無駄話をしてるのが楽しくて……もう一度そういうことができる関係に戻れたら……それでたまに……セックスもできたらもっといいかなって……」

今の言葉はセリフとしても悪くないんじゃないか。少し余裕のできた孝志はそんな思いも頭をかすめた。

8

「……そうだね。あたしも……一人は寂しい。誰かと生きていきたいし……好きな人とセックスしたい」

そのシンプルな思いは、恭子の素直な気持ちだ。

「あたしはあなたのことをボロカスに言ったけど……太郎にとってはいい父親だったんだろうね。だから……あたしは二週間近くもあなたと太郎のことをほったらかしにできたのかもしれない。もしあたしだったら……今の状況で太郎と二人きりだったらどうなってたか分からない。放置じゃすまなかったかもしれない」

「……どういうこと？」

「もっと……ひどいことになってたかもしれない。あたし……太郎のこと好きだけど……でも」

「でも何？」

恭子はその先の言葉を言いたくなかった。それを言うと、何かが終わってしまうような気がする。だがその身も蓋もない言葉を孝志にぶつけたい気持ちもあった。辛さを分かってほしかった。

「太郎を愛せてない気がする。あの子が……すごく苦手」

太郎のことが人として苦手だった。そこに発達障害が関係あるのかどうかは分からない。だが関係があってもなくても、我が子を人として苦手と思ってしまう自分を責めた。

「そりゃ……俺だって苦手だよ。扱いづらいもんやっぱり。でも、太郎を愛してないってことはないと思うよ」

「違う。孝志の言ってる扱いづらいとは……違うと思う」

「何……？」

「うまく説明できないけど……」

「でも、恭子はよくやってるじゃん。癇癪起こしても公園に連れて行くし、毎日勉強も見るし、こんなコロナの中でもなんとかあいつの療育を探してきたり、オンラインで相談に乗ってくれる人を探してきたり……俺なんか、そういうことなんにもしてないのに」

「たぶん、それであの子が変わるなら……扱いやすくなるとかそういう意味じゃなくて……あの子が丸っきり変わることを期待してたのかもしれない。孝志みたいに受け入れてほっとくことができないだけ。そのまんま受け入れられないんだよ」

「それは俺よりも、恭子がはるかに太郎と向き合ってるからだよ。俺だって受け入れられてるわけじゃないよ。怒鳴っちゃうときもあるし、受け入れてるってよりは、ほんとにほったらかしなだけで」

「でも……あなたと太郎が一緒にいる姿のほうが自然に見える。太郎がリラックスしているように見えるの。あたしといると、あの子は一生懸命、私に好かれるように気を遣ってるように見える。お互い気を遣って……ギクシャクしてるように感じる」

さっき久しぶりに太郎と会ったときのことを恭子は思い出した。太郎は必死に恭子のほうを見ようとしたが、ゲームに負けてしまった。太郎なりに私の気持ちも少しは考えようとしたのかもしれない。あれが逆に孝志だったら、太郎は見向きもせずにゲームをして、孝志もそんな太郎を無理やり自分に向けさせようとはせずに、嫌がられながらも太郎の顔の前に自分の顔を突き出して頬ずりしているはずだ。太郎にとっては楽な関係なのだろうと思う。

「だから……太郎に変な気を遣わせているあたしは……ダメな母親だなって思う……。あたし……なんか今、罰が当たってるような気もしてるの。この世で一番大切にしなきゃいけなかった自分自身を大切にしてこなかった罰っていうか……だから……」

「だから……？」

「だから……あたしはやっぱり……自分の人生をやり直したい。つまらない人生をあなたや人のせいにせず……ちゃんと自分の人生を生きたいの。自分で自分の尊厳をまずは守りたいの。今なら……まだ間に合うから」

「どういうこと？　だったら一緒にやり直そうよ」

「一人で……やり直したいの」

9

恭子から出てきた言葉は予想外のものだった。

「ちょっと待ってよ……。それってやっぱり別れるってこと？」

孝志の問いかけに恭子は頷いた。

先ほどまで少し余裕のできていた孝志の心は瞬時に乱れた。

「……ごめんね。でも、本当にやり直すなら今しかないと思うし、あたしはそうしたい。そうしないと……きっとあたしは心の死んだ人間になっちゃう」

心が死ぬ。その言葉は、孝志の胸をチクリと突き刺した。自分が恭子の心を殺してきた一人だという自覚があった。

「これからは……恭子の心を豊かにするようなパートナーでありたいと思ってる。そんな人間になれるのか本当に自信があるわけじゃないけど、でも最低限、恭子の心が満たされて豊かな気持ちになることを目指して生きていくから……」

上滑りな言葉に取られてしまうだろうが、孝志自身としては、本当に心から今、そう思っていた。

「だから……一緒にやり直してほしい」

「ごめん……。一人でやり直したい。あたしの生き方も受け入れてほしい」

心臓が今度はズキンと痛んだ。

ああ、これだったんだと孝志は思った。

恭子の心を豊かにするとか、そういうことじゃない。ただただ、恭子の生き方を受け入れなきゃならないのだ。他者と生きるということは、きっとそういうことなのだろう。

そんなふうに冷静に思う反面、恭子の決意が相当固いことに、孝志はほとんどパニックに陥りそうになった。いや、恭子の決意が固いことではなく、どうやら本当に離婚しなければならない、一人にならなければならないことに、パニックに陥りそうなのだ。

「太郎は……どうするの？」

切り札のつもりはないが、最後の望みをかけるのは太郎の存在しかなかった。

「どうしたい？」

「え……？」

「もし孝志が育てたいなら、孝志が育ててもいい。太郎と離れるのは心が引きさかれるくらい辛いけど、別れたってもちろん協力もするし……。でも、あたしが育てるなら、それでもぜんぜん大丈夫。たった今、愛せないなんて言ったけど孝志を見習って太郎のそのまんまを受け入れて一緒に生きていく努力はするし。……一緒に暮らそうが暮らすまいが精一杯愛したいと思ってるから」

その言葉は、恭子の決意が絶対に変わらないという証拠のようなものだ。恭子は太郎を手放してでも、自分と別れたいのだ。

一か八か、太郎を引き取ると言いたいところだが、その言葉は出てこなかった。このわずか十日間、二人きりになっただけでネグレクト状態になったのだ。これ以上、二人で暮らすことは怖い。本当に死なせてしまうかもしれない。

それに自分といるよりも、恭子といたほうが太郎は幸せだろうし、きっと今の恭子ならば、太郎を虐待してしまうこともないだろう。万が一そんなことをしそうになったら、すぐに自分に助けを求めてくる強さのようなものを、弱さをさらけ出した今の恭子には感じる。

「ほんとに……もうダメなの……？」

それでも最後に祈るような気持ちで孝志は聞いてみた。

「うん、ごめん」

恭子はきっぱりと言った。

「……わたし、二階堂さんと寝ちゃったし」

「え……？」

パニックになっていた孝志の頭が、それを瞬時に吹き飛ばしたかのように真っ白になった。

どのくらい黙っていたのかは分からない。一分のようにも一時間のようにも感じた。二階堂と寝たと言った恭子は、言ったまま じっと孝志を見つめている。

「……俺は……これからどうすれば……いいかな」

孝志は、真っ暗闇に置いていかれるような感覚だった。

10

この人は一人になることが、本当に怖いのだろうな。

一時はまがりなりにも尊敬した男でもあるし、自分の生き方くらい自分で考えろと思わないこともなかったが、そういう弱さをさらけ出せるところが、孝志の魅力なのだと恭子は改めて感じた。だから、私への執着を断ち切らせるためと、そして自分が孝志を本気で断ち切るために、恭子は二階堂と寝たことを言った。

「孝志も……しっかり地面踏みしめて自分の人生を生きてよ。今、あなたがすべきことはあたしとヨリを戻そうとあがくことじゃないよ。ちゃんと自分自身に目を向けて。あたしも……一人になるのは怖いけど生きて行くから」

道は違っても、二人で幸せをつかみ取りたいと恭子は心から思っていた。

孝志はずっと黙って聞いている。二階堂と寝たことがよほどショックなのか、自分の言葉を聞いてくれているのか、恭子にはよく分からなかった。

「……俺は」

孝志はようやく口を開いた。

「俺は無理だよ、一人じゃ。こんな先の見えない世の中」

「無理じゃないよ。あなたならできる」

「できないよ」

「できる」

「もし……できなかったら？」

「できる。あたし……孝志の書くシナリオが大好きだった……。目線が低くて……弱い人の味方っていう感じがして……もちろん最初はあなたの恋人になれば何か俳優としてチャンスがつかめるかもって思ったのもホントだけど……でもシナリオに滲み出るあなたの人間性とか社会を見つめる目が好きだったの。それはきっとあなたのことが人として大好きだったたっていうことだと思う」

言いながら、どうしてもっと早くそれに気づかなかったのだろうかと恭子は思った。孝志の書くものに、以前の自分はそんなことを感じていなかった気がする。売れっ子だから孝志に近づいたのだ。書くものの内容よりも、売れているということで孝志を尊敬していた未熟な人間だった自分が、それに気づけるような人間になれたのは、孝志と今まで生きてきたこともとても大きいに違いない。

「だから……頑張ってよ。ずっと応援してるから」

孝志は黙っている。すごくかわいそうだけど、どうにか頑張ってほしい。頑張らないとダメなのだ。

「孝志もあたしも……これからすっごい厳しい道が待ってると思うけど……生きていこう。それで別れたことをあたしに後悔させるくらい頑張ってよ。きっと大丈夫だよ、孝志だったら。負けないでよ」

この人はきっと負けないだろうと恭子は思った。勝つということがどういうことか分からないが、負けることはないと思う。負ける前に、負けから逃げ出すタイプの人間だ。恭子はクスっと笑ってしまった。負けから逃げるっていいフレーズだなと思った。

「何……？」

孝志がまるでライオンに狙われたウサギのような目をして言った。

「なんでもない。なーんか……すっごいいい女じゃない？　あたしって。別れる男をこんなに励ましてさ。岡村孝子かと思っちゃった」

孝志もようやく力のない笑みを浮かべた。そして言った。

「いや……『負けないで』はＺＡＲＤじゃない？」

「いいでしょ、どっちでも」

＊

長い時間、と言っても正確には五分くらいだろうが、孝志と恭子は見つめ合った。

孝志は恭子に言った。

「最後に……キスしていい？」

恭子はあきれたように少し笑った。

「ダメ。だって絶対それだけじゃ終わらないでしょ」

そう言うと、恭子は孝志に軽くキスをした。

最終章

1

つかの間の昼休みを恭子はシナリオを書く時間に使っている。マイちゃんが紹介してくれた老人ホームでの介護の仕事は、わりと性に合っているような気がする。入浴や排せつの処理など、相手の身体に直接触れるような大変な介護をせずして性に合っているなどと言うと、携わっている人たちからすれば笑止千万だろうが、そうした介護は資格がないとできない。だから恭子は主に掃除や洗濯、調理などの補助で入っているのだが、いずれは資格を取ろうとも思っている。おじいちゃんやおばあちゃんたちの臭いなのか、施設の独特な臭いは、慣れるのに少し時間がかかったが、今はもうへっちゃらだ。話し相手になったりするのはまったく苦にならない。

現在はこの介護の仕事と並行して、プロデューサーの糸原が振ってくれる仕事もしている。企画書を書いたり、プロットを書いたりする仕事だったが、ようやくこのたび、深夜ドラマで三話分ほど書かせてもらえることになったのだ。内容は、奇しくも孝志がやろうとしていたようなグルメドラマで、あれから一年たってもまだこういうものが企画として通ってしまうのかと驚いたが、それでもキャラクターたちを自在に動かして好きなことを言わせるのは楽しい。

恭子が小さなノートパソコンをカタカタと打っていると、スマホが震えた。手に取ると、着信画面には、太郎の通う小学校の名前が出ている。

「またか……」

思わず恭子は声に出してしまった。二年生にあがった太郎は、学校でのトラブルが格段に増えた。授業中にぼーっととんでるか絵を描いてて、話を聞けない、漢字が書けないだけでなく、文字をマス目に収めることができない、やろうとしないというようなことを先生からよく言われる。こうして電話までかかってくるときは、たいてい友人とのトラブルだ。融通がきかず、時に自分だけの正義を振りかざしてしまう太郎は、例えばジャンケンで順番を決めるなどということに激しく抵抗する。もし何かを自分が一番にやりたいと思ったら、一番にやれないと癇癪を起こしてしまう。友達とトラブルになって当然だが、それをどうやって解決すればいいのかが分からない。療育にも昨年からずっと通い続けているが、いまだに改善する気配は見られない。

憂鬱な気分で電話に出ると、やはり太郎が友達とケンカして、その子の顔を強くひっかいてケガをさせてしまったらしい。その後、興奮して暴れた太郎は手をどこかにぶつけてしまい、痛がっているから学校の近所の病院に連れて行くとのことだ。できればそのまま迎えに来れたら来てほしいという電話だった。

「あたしが勤務中ですぐには出られないので、ちょっと誰かに相談してからまた折り返します」

そう言って恭子は電話を切ったが、相談できるのは孝志だけだ。別れた孝志とは、こうしたことで頻繁に連絡は取っている。というか、一度だけセックスもしてしまった。恭子と太郎が住んでいるアパートは、今まで孝志と暮らしていた家とわりと近い。新しい環境が苦手な太郎を転校させたくなかったのだ。

恭子はその狭い部屋に越したとき、少しだけ惨めな気持ちになったが、太郎が妙に気に入ってくれたのは救いだった。秘密基地みたいだと太郎は喜んだ。

ひと月ほど前、そこに初めて孝志を招き入れて太郎のことを相談しているうちに、そうなってしまったのだ。孝志は呼ばれない限り勝手に来たりすることはなかったが、それでも恭子は「ああ、失敗したなあ」と思った。離婚して一年近くたっているとはいえ、一人でやり直していこうという気持ちがぐらついた。だがやはり、こういうときに相談できるのは孝志しかいない。そこを我慢しても辛くなるのは自分だけだ。

恭子は、そのセックスをして以来になる連絡を孝志にした。

あいつ、きっと私がまたセックスしたくなって電話してきたと思うだろうなと想像すると、ちょっとだけ悔しいと思いつつも、笑みも少しこぼれた。

2

高級中華料理を届けたとある高層マンションのその部屋は、一度だけ仕事をしたことのある同年代の女性俳優の家だった。

その俳優は、孝志にはまったく気づいていないようだったが、汗びっしょりの孝志を見ると、「大変ですね、ありがとうございます」と丁寧な言葉遣いでねぎらってくれたうえに冷えたコーラを出してくれた。

数年前に撮影した孝志の書いたシナリオにはずいぶんと文句を言われたから、そのときは印象が良くなかったのだが、今の言葉とコーラですっかりファンになってしまった。

マンションのエントランスから出て、スマホを確認すると、恭子からＬＩＮＥが入っていた。太郎がまた学校でトラブルを起こしてケガをしたようだから、都合がつけば病院まで行ってほしいとのことだ。

ウーバーイーツの配達員のいいところは、こういうときに自由自在に動ける点にもある。

　孝志は「太郎、迎えに行きます」というＬＩＮＥを送って、学校の近くにある病院へと向かった。

　恭子と別れてから、一緒に暮らしていた家は半年ほどで引っ越した。その半年間、売れない役者連中を家に呼んではこのコロナ禍の中、飲み会をしていた。一人でいることが寂しくて寂しくてたまらなかった。若い俳優たちはお酒を持ってきてくれたが、盛り上がっているのはその若者たちだけで、孝志はほとんど会話に入っていくことができなかった。虚しい気持ちになるだけのそんな飲み会を続けているうちに、わずかな貯金も底をついた。

　今は隣の駅の学生街にアパートを借りて住んでいる。そこにはまだ誰も呼んでいない。

　ウーバーイーツは飲み会に来ていた若手俳優に紹介してもらって始めた。アルバイトを始めるのはプライドが邪魔するかもしれないと思っていたが、意外とそうでもなかった。「紹介してくれよ」という言葉は簡単に出て来たし、一緒に飲んでいた若手俳優たちは誰一人として憐れんだような目を向けることもなかった。所詮、自分などいつバイトに戻ってもおかしくない程度の監督だと思われているのか、それとも若手俳優たちが人をバカにするだとか、差別する心のようなものを、自分ほどには持ち合わせていないのかはよく分からないが、あっけなく十数年ぶりのアルバイトに戻ることができたし、都内は自転車でよく移動していたので仕事自体はさほど苦にもならない。

それどころか恭子と別れてからというもの、まったく書く気の起きなかったシナリオを、この仕事を始めてからようやく書いてみようという気持ちにもなってきた。やはり自分の場合は社会と接しながら生活していないと、書く気が起きないタイプなのだなと孝志は改めて思い、まだ心のどこかに創作意欲が残っていたことにホッとした。

病院に迎えに行くと、太郎は「パパが来たの？」と言ってパッと顔をほころばせた。

ママのほうが好きなのは明らかなのだが、たまにこうして会うと、本当に嬉しそうな顔をしてくれる。その顔が生きがいとまでは言わないが（生きがいであれば離れて暮らすことなど耐えられないだろうし）、やはり嬉しい。

医者の説明を聞くと、太郎は指の骨にひびが入っているとのことだった。

「どうした？」

「手が机に当たった」

太郎は眉を八の字にして言った。この表情のときは、俺は悪くないと必死に弁明しようとしているときだ。

「そうか。痛かったな」

孝志がそう言うと、太郎は少しホッとしたような表情になり、「すごい痛かったよ！」と何度か連呼した。否定されることが極度に苦手な太郎は、必死に被害者であることをアピールしているのだ。

しかしひびが入るほど強く手を振りまわしたのはやっぱり気になる。怒りのコントロールができず、このまま暴力衝動がずっと続くことを恭子はとても気にしている。長く続くと家庭内暴力に発展する恐れもあるかもしれないと言っていた。

「今日、俺んち来る?」

自転車のフレームの上に太郎を乗せてやると、あどけない表情で太郎はそう言った。

「行っていい?」

「いいよ。泊まっていけば? 『大乱闘』しようよ。俺ね、格闘家を使ってんだよ、最近。パパはドンキー使えばいいじゃん。でも絶対勝てないよ。チョーつええよ、俺。だってその格闘家、Cランクだよ。頭突きと爆弾攻撃だよ。二十五パーくらうよ。頭突きは百何パーだよ」

ゲームの話を意味不明にし出した太郎はいつものように止まらなくなってしまった。

恭子と太郎の住んでいるアパートに行くのは、ひと月前に恭子とセックスしてしまって以来だ。

あのときのセックスはすごく良かった。別れた二人がしてしまうのだから、まあ良くて当たり前だろう。あのあと、何度かそのセックスを思い出してオナニーもした。もしかしたら今日もできるかもしれないと、恭子から連絡が来たときには思ってしまった。

だが今日は、太郎を送り届けたら帰ろうと思う。今恭子に会ってしまうと、きっとまたセックスしたいオーラをガンガン出してしまうだろう。恭子とも太郎ともこれからも末長く付き合っていきたい。恭子の生き方を受け入れられる自分の姿を恭子に認めてもらえるようになりたい。このコロナ禍がいつ終わるのか、それともずっと終わらないのかもよく分からないが、とにかくどうなろうとこの二人とは一生離れたくない。そうするためにはきっと、今この瞬間の性欲のためだけにズルズルとセックスしてしまうのは良くないだろう。恭子にだって「射精が目的」だとすぐに見抜かれる。真摯に付き合っていかねばならない。

だが先日のセックスのことを思い出すと、どうにも顔はニヤけ、下半身はどうしようもなく硬くなってしまうのだった。

解説

足立晃子（主婦・映画プロデューサー）

夫の書いた小説の解説を、妻が書くなんて、珍しいことのような気がするのだが、いまだかつてあったのだろうか。有名人同士の夫婦ならあったかもしれないが、私の夫はたいして名も知られていない脚本家・映画監督で、私はその夫よりもはるかに名の知られていない、今は映画のプロデューサーを名乗っているが、プロデューサーとクレジットされているのは夫の最新作だけだから、まあ見え方としてはほとんど主婦だ。

そんな私が解説を引き受けたのは、原稿料に目がくらんだのもあるが、名もなき夫婦で夫が小説を書いて、妻が解説を書くなんてバカなことをしあっているのも、もしかしたら何かの宣伝になるかもしれないと思い、恥も外聞もなく書かせてくださいと言ったのだ。

ちなみに夫に小説を書いてみればと勧めたのは私だ。小説を書ける能力があるのかどうかは分からなかったが、映画の世界で生きていくことはこの人には無理だと思った。大勢の人間が関わる映画の現場で采配を振るう人間になれるとは思えなくなってきて、一人でやれる小説に切り替えてみてはと思っただけだ。

夫は書いてみるかなと言って『朝、泣く』というタイトルの小説を書いた。仕事で帰宅が遅くなる妻に対して浮気を疑い、悶々としながら妻の帰りを待ち、酔って帰り、寝てしまった妻の身体や下着を隈なく確認する男の話で、私はその小説を読んだとき、主人公の男のあまりのダメぶりになぜか感動し、「いいじゃん、瑞々しいじゃん！　これ絶対なにかの賞をとるよ！」とアホな感想を言ってしまったが（いろんな新人賞に応募したがすべて一次審査すら通らなかった）、今もアホな私はいつか夫はチョー面白いダメ男小説を書けると信じている。なので、解説を書いて夫を売り込んでやろうという思惑もある。

前置きが長くなったが、ようやくここから解説というのか、なんなのかよく分からないが、書いてみる。

私自身はほとんど主婦だと書いたが、自分で書いておきながらこの書き方は、主婦を貶めているように思える。主婦、あるいは専業主婦という言葉には、いまだにネガティブなイメージがつきまとっていて、それは同性である私も拭いきれないものがある。実際、（専業）主婦というものは揶揄の対象にすらならない。なぜなら本当に差別されているからではないかと思う。誰もかれもが多様性を大いに謳いあげる現代においては、もちろん表立って差別されることはないが、職業として認められていない感覚、いや、一個人として認められていない感覚が私の中に根強くある。

この物語に登場する恭子さんはパートタイマーではあるけれど、きっと私と同じような思いを抱いていたに違いない。そりゃ採用試験や就職活動を突破して就くものではないから、主婦は「職業」とは言えないのかもしれないが、妻が主婦で夫が会社員だろうがフリーランスのなにかの職業であろうがプロのスポーツ選手であろうが、夫婦は同等な関係であると、今さら言うことではないかもしれないが、そう思っている。

でも「俺が稼いできて、家族を養ってるんだぜ」と思っている男は、私の夫を筆頭にまだまだ多そうだ。などと書きながら、すみません、私の夫くらいかもしれませんね。私の考え方は古いのかもしれないが、私が家事育児、夫の仕事関係の事務・雑務全般をほぼやっているから（なんなら夫のクソ汚い字の下書きをPCに打ち込むこともやっている）、あなたは外で伸び伸びと、仕事のことだけに集中して働けているんでしょ、と思っている。

だから私が誰から給料をもらっているのかと考えると、夫ではなく、夫を雇う会社や個人からもらっているのだろうと思う。会社の経営者の人は時おり「社員だけでなく、社員の家族も養っている」なんて言い方をする人もいるし（さぞかし社員一人一人のご家庭が見えているのでしょうね）、当然会社としては、主婦の妻に、「君の夫が我が社で存分に働ける環境を作ってくれてありがとう。是非お給料を払わせてください」と思ってくださっていることだろう。

ついつい専業主婦時代にお金を稼げず、そこにうしろめたさを感じてしまっていたときの気持ちが蘇ってきて熱くなってしまうのだが、私自身あの無収入時代は、家事育児はしていても「誰にも認められていない」という感覚が常にあったのだ。そこにきて夫が「俺が稼いできて家族を養っているんだ」的な匂いをプンプン放っていたので、私はバキバキに夫の心を折ってやった。正直モラハラだったかなと思わなくもない言葉遣いで私が夫の心を叩き折りにいったのは、そんな夫であってほしくないという思いと、自分自身に対する悔しさがあったからだ。

お金を稼げない生き方は生産性がなく、誇れないとそのときは思っていた。なぜにこんなにも大変な仕事が、職業として認められず、何ならうしろめたさまで感じなければならないのかと、私は苦しかった。こんなふうに書くと「うしろめたさなんて感じなくてもよかったのに」なんて声が聞こえてきそうだが、感じてしまうのは、そういう価値観をみんなが作ってきたからだ。「すみませんねえ、社長で」とは誰も思わない。どこかの女性議員が「生産性がない」という言葉を他人に対して使ったが、結局専業主婦は生産性がないと思われているし、私自身がそういうコンプレックスを抱いてしまい、自分を責めたりもした。

主婦だと、夫の求めてくるセックスも断れないのかもしれないとまで思った。でも、当たり前だが悪いのは私自身ではないのだ。そういうコンプレックスを抱かせるような空気を作ってきた先達が悪いんだと思えるようになるまでには、ずいぶん時間がかかったし、今は価値観を変えられない爺さん婆さんを責めてもしょうがないとも思う。幼少期からの教育が大切なのだからと思うし、日本もようやくその価値観が変わりつつあると思うが、やはり教育が行きわたるには時間がかかるだろうな、とちょっと絶望的な気分になったりはする。

とにかくまずは自分一人でも変わらなきゃ！　と思いつつ、でも私はもっとも身近にいる夫は道連れにするつもりだ。私の夫はあまり物事に気づかないタイプの人間だから、私は夫に多くの家事を頼む。私が名のある（一言で指示できる）家事を振りまくって、ようやく半々になる。夫には家事をさせたくないという妻の方々もいらっしゃるだろうから、それならそれでいいと思う。そのかわり、主婦に誇りを持って、夫が稼いで来てくれるから家のことをして当然なんて思わないでほしい。私は家事育児をやり、あなたは働いてお金を稼いでいる。ただそれだけでそこに上下関係はないはずだ。

私の目指す家庭を他人にも勧めようとは当然思わないが、私は自分の思う幸せは目指したい。ストレスが溜まらないように夫には直してほしいところは溜めずに伝えるようにしている。でも他人を変えるのは難しいから、大きな変化は求めてはいませんよ。たかだか、私をいじってつまらない笑いをとるのはやめてほしい、余計な一言はやめてほしい、いろいろ口うるさく指示して支配しようとしないでほしい、ネガティブな事ばかり言い続けないでほしい、食べ終えたアイスの袋を冷凍庫に戻さないでほしい、セックスを断ってもすねないでほしい等々、まぁもっとあるけど大体これくらいの変化だ。言い過ぎですかね？　そんなことないですよね。

今の私は、恭子のように、別れることは考えていない。夫のことを、まだ好きだ。愛してるとか、そんな甘酸っぱい気持ちはもうないが、結婚生活二十年を超えれば、大嫌いじゃないけど、大好きではない。トキメキはないけど、落ち着きはあるというぐらいの気持ちだ。我々にとっても、子供たちにとっても、居心地のよい伸び伸びとした家にするために、夫にはどうか素敵な人になってほしいと思っている。もちろん私もそうなるように努力するけれど、だから夫にはこれからも変わらず、ギャンギャンと意見や文句を言うつもりだ。

共感力が高く、すぐ先を読んで行動してしまい、無意識に自分を抑えてしまう全国の「恭子」さんたち。夫婦の関係をあきらめず、ぜひ気持ちを口に出して伝えてほしいなと思う。孝志は浅はかでろくでもない人間だが、ここまで来る前にもう少し二人に対話があったら、あの夫婦は別れなかったのかもなーと久々に読み返して感じた。

最後に、こんな私が夫にリアルに怒り散らして文句を言っている映画『喜劇　愛妻物語』を皆さんよかったら見てください。あの作品も夫婦の関係をあきらめない一つの形だと思うのです。ほら、最後にこんな宣伝までして、物語中の恭子じゃないけれど、私ってほんといい女でしょうが。感謝しやがれ。

本作品は二〇二二年一月、小社より単行本刊行されました。

双葉文庫

あ-70-01

したいとか、したくないとかの話《はなし》じゃない

2023年10月11日　第1刷発行

【著者】
足立紳《あだちしん》

【発行者】
箕浦克史
【発行所】
株式会社双葉社
〒162-8540 東京都新宿区東五軒町3番28号
［電話］03-5261-4818（営業部）　03-5261-4831（編集部）
www.futabasha.co.jp（双葉社の書籍・コミックが買えます）
【印刷所】
大日本印刷株式会社
【製本所】
大日本印刷株式会社
【カバー印刷】
株式会社久栄社
【DTP】
株式会社ビーワークス
【フォーマット・デザイン】
日下潤一

ISBN978-4-575-52712-4 C0193
Printed in Japan

じい散歩

藤野千夜

夫婦あわせてもうすぐ180歳で3人の息子は全員独身。ユーモアと温かさが沁みる家族小説。

双葉文庫

可制御の殺人

松城 明

女子大学院生の不審死を端緒に、「令和最強の怪人」が暗躍する連作ミステリー。驚異の新人現る！

双葉文庫